MELISA SCHWERMER

ABGEWIESEN

THRILLER

W0279979

EDITION M

Die Erstausgabe erschien 2015 unter dem Titel »Abgewiesen« im Selbstverlag.

Veröffentlicht bei
Edition M, Amazon Media EU S.à r.l.
5 Rue Plaetis, L-2338 Luxembourg
Januar 2017
Copyright © der deutschsprachigen Ausgabe 2017
By Melisa Schwermer
All rights reserved.

Umschlaggestaltung: bürosüd⁰ München, www.buerosued.de
Umschlagmotiv: © Henry Steadman /Getty
Lektorat: Cathérine Fischer
Korrektorat: Manuela Tiller/DRSVS
Printed in Germany
By Amazon Distribution GmbH
Amazonstraße 1
04347 Leipzig, Germany

ISBN: 978-1-477-82274-6

www.amazon.de/editionm

1. Kapitel
2014

»Ein Käfig ging einen Vogel suchen.«
Franz Kafka

Ohne Vorwarnung schlug er zu. So plötzlich, dass sie den Schlag zunächst gar nicht realisierte. Ihr Kopf schleuderte zur Seite, die Wange brannte. Noch ehe sie überhaupt die Chance hatte zu reagieren, landete die Faust erneut in ihrem Gesicht. Sie duckte sich vor dem dritten Schlag, doch sie war zu träge. Sie verlor das Gleichgewicht und fiel zu Boden. Mit dem Knie fixierte der Kerl ihre Schulter auf dem Asphalt. Sie zappelte unter seinem Gewicht, drosch blind auf ihn ein.

Panisch schnappte sie nach Luft. Der Fremde drückte ihr den Hals zu. Anstatt um sich zu schlagen, packte sie nun seine Hand. Versuchte, seine Finger von sich zu lösen. Sein Griff wurde fester.

»Was … tust … du da?«, japste sie.

Er antwortete nicht. Sein Gesicht war knallrot vor Wut oder Anstrengung. Sie startete einen letzten Versuch, sich gegen ihn zu wehren. Vergebens, die Kraft verließ sie und sie schaffte es nicht mal, die Arme vom Asphalt zu heben.

Völlige Schwärze war das Nächste, was sie sah, als sie ihre

Augen wieder öffnete.

Bin ich tot?, überlegte sie und verwarf den Gedanken sofort. Tote dachten bestimmt nicht darüber nach, ob sie aus dem Leben geschieden waren. Tote fragten sich gar nichts mehr.

Dennoch hob sie die Hände über ihren Oberkörper und zwickte sich in den Handrücken. Ja, eindeutig, sie lebte noch. Sie versuchte, sich aufzusetzen, ließ sich jedoch sogleich wieder auf den Rücken fallen. Ihr Kopf dröhnte und sie zitterte am ganzen Körper. Einen Moment hoffte sie, dass sie zu Hause war. Einen über den Durst getrunken hatte und aus dem Bett gefallen war. Dieser Moment verging schnell, mit den Fingern tastete sie über den sandigen Boden, auf dem sie zusammengekauert lag.

»Hallo?«, rief sie in die Dunkelheit. Es war mehr ein Krächzen, sie war heiser, ihr Mund staubtrocken. Mit den Schmerzen im Hals kam die Erinnerung. Sie war überfallen worden. Mit einem Ruck setzte sie sich nun doch auf. Sie befühlte ihren Körper. Um ihren rechten Knöchel war eine eiserne Schnalle gelegt. Er hatte sie festgekettet.

»Ist da jemand?«, versuchte sie es erneut. »Es tut mir leid, hören Sie?«

Tatsächlich ging irgendwo hinter ihr eine Tür auf. Sie fuhr herum. Das einfallende Licht blendete sie. Dann erschien die Silhouette eines Mannes im Türrahmen.

Eine ganze Weile stand er einfach nur da. Sie wagte kaum zu atmen. Er schnaufte. Nach einer halben Ewigkeit ging er einen Schritt auf sie zu. Ihr Herz raste. Sie hockte sich auf die Knie, versuchte, sich aufzurichten.

»Das solltest du lassen«, sagte er.

Sie hielt inne. Er war näher gekommen. »Tu mir nichts«, flüsterte sie. Dann etwas lauter: »Beatrice. Ich heiße Beatrice.«

2. Kapitel
1996

»Man schämt sich nicht mehr, sterben zu wollen; man bittet, aus der alten Zelle, die man haßt, in eine neue gebracht zu werden, die man erst hassen lernen wird.«

Franz Kafka

»Iss das!«, sagte der Pflegevater mit strengem Blick.

Der kleine Junge schaute ihn ängstlich an. Der Pflegevater meinte es tatsächlich ernst, es war keine leere Drohung. Unsicher nahm er ein wenig von dem braunen Kraut, roch daran und schaute wieder hoch. Tabak durfte man doch nicht essen, der war nur zum Rauchen da, das wusste er.

»Aber …«, versuchte er einen Widerspruch. Der Pflegevater baute sich drohend vor ihm auf. Bastian zuckte zusammen.

»Ich sage es nicht noch mal. Stopf dir das verdammte Zeug rein, aber dalli!«

Bastian nahm etwas von dem Tabak zwischen die Finger. Wie konnte der Pflegevater das von ihm verlangen? Dieses stinkende Zeug zu essen, das der Pflegevater und seine Frau sich jeden Abend in ihre Zigarettenhülsen stopften, um damit die Luft zu verpesten. Bloß, weil er die falsche Sorte im Supermarkt gestohlen hatte. Er führte die Hand zu seinem Mund und verzog angewidert das Gesicht. Das Zeug stank fast noch schlimmer als der Rauch, den es produzierte.

Hilfe suchend blickte er sich um. Nick und seine Schwester standen im Türrahmen und schauten zu. Nick sah zufrieden aus. Wahrscheinlich war er froh, dass es ihn auch heute wieder nicht treffen würde. Es war stets Bastian, der den Ärger abbekam. Schon allein deswegen, weil Lulu dafür sorgte, dass Bastian immer die Schuld gegeben wurde. Die anderen beiden mussten meist dabei zuschauen, wenn er bestraft wurde. Bastian vermutete, dass es ihnen eine Warnung sein sollte, sich besser zu benehmen als er.

»Mach dein Maul auf und friss. Da kannst du selbst schmecken, was du für einen Scheiß mitgebracht hast«, brüllte der Pflegevater und drehte schmerzhaft Bastians Kopf in Richtung Tisch. »Hier spielt die Musik.«

Tapfer blinzelte Bastian die aufsteigenden Tränen weg und öffnete seinen Mund. Wenn er gehorchte, wäre die Strafe schnell vorbei.

Der Tabak schmeckte bitter und holzig und saugte seinen gesamten Speichel auf. Mehrmals musste er würgen, bekam die trockenen Fädchen kaum herunter. Immer wieder drängte sein Mageninhalt nach oben und versuchte, den Tabak aus seinem Mund zu schwemmen. Er schaffte es einfach nicht, ihn herunterzuschlucken.

»Darf ich bitte etwas trinken?«, fragte er mit vollem Mund. Eine schallende Ohrfeige war die Antwort. Mit Tränen in den Augen hielt er sich die Wange.

Der Pflegevater drehte sich zu Nick. »Verschwinde«, knurrte er. Nick gehorchte sofort und rannte die Treppe nach oben. Lulu war schon längst gegangen »Nun zu uns«, sagte er zu Bastian gewandt.

»Schon gut, Helmut, ich esse ja«, murmelte Bastian und stopfte sich die nächste Handvoll Tabak in den Mund, obwohl er die erste Portion nicht mal annähernd runtergewürgt hatte.

Der Pflegevater ging an die Schublade und nahm einen der hölzernen Kochlöffel heraus. »Steh auf«, befahl er.

»Bitte nicht. Schau, ist fast aufgegessen«, sagte Bastian und hielt ihm den Teller hin. Eine unerträgliche Hitze breitete sich plötzlich in ihm aus und er begann zu schwitzen. Helmut sagte kein Wort mehr, deutete lediglich vor sich und nickte. Bastian stand auf. Mit einem lauten Klatschen sauste der Holzlöffel auf seinen Hintern. Vor Schmerzen wurde ihm schwindelig, er musste sich an der Tischkante festhalten, um nicht umzufallen. Ganze drei Mal schlug Helmut zu.

»Zeig mir deinen Mund!«

Bastian schluckte schnell den bitteren Brei herunter. Schmatzend beförderte er noch einige Krümel Richtung Hals, öffnete den Mund und streckte die Zunge heraus.

»Gut«, sagte Helmut. »Du hast fünf Minuten.«

Er brauchte zehn. Als Strafe bekam er erneut Schläge mit dem Kochlöffel. Dann hatte er es geschafft. Damit der Rest der Familie ungestört zu Abend essen konnte, wurde er auf sein Zimmer geschickt.

Als er mit schmerzendem Hintern in seinem Bett lag, begann er zu schwitzen. Die Welt um ihn herum schien sich zu drehen. Er wollte aufs Klo gehen, doch seine Tür war von außen abgeschlossen. In seinem Magen rumorte es. Er legte sich auf den Rücken und riss den Mund auf, um viel frische Luft atmen zu können. Doch es half kaum.

Als er es gar nicht mehr aushielt, erbrach er einen zähen Schleim, durchzogen von Tabakfäden, auf den Boden. Immer und immer wieder, bis nur noch bitter schmeckende Galle aus seinem Hals kam und er das Gefühl hatte, seine Augen würden aus ihren Höhlen heraustreten. Zitternd kroch er zurück in sein

Bett und kauerte sich auf die Bettdecke. Kalter Schweiß lief ihm den Rücken herunter.

Mit fest zugekniffenen Augen versuchte er einzuschlafen. Morgen wäre alles wieder gut. Da würde er sofort nach der Schule in sein Geheimversteck abtauchen. Sich hinter den Kisten im Keller in die geklauten Handtücher wickeln, von denen er glaubte, es seien Tarnumhänge. Er würde so lange Süßigkeiten essen, bis ihm davon schlecht wurde, und das gestohlene Comicheft durchblättern. Keiner konnte ihn dort finden, nicht mal Nick und Lulu wussten davon. Das Versteck im Keller war seine eigene Festung, seine geheime Burg.

Der Gedanke an diesen Ort zauberte ihm ein schwaches Lächeln aufs Gesicht und er schlief erschöpft ein.

3. Kapitel
2014

»Es gibt ein Ziel, aber keinen Weg; was wir Weg nennen, ist Zögern.«

Franz Kafka

»Bist du endlich fertig?«, rief Ole vor der verschlossenen Badezimmertür. Es war bereits das zweite Mal innerhalb der letzten zehn Minuten, dass er sie fragte. Wenn jemand die Bedeutung von *unausstehlich* im Lexikon nachschlug, davon war Katinka überzeugt, dann würde er ein Bild von ihrem Freund vorfinden. Normalerweise war er derjenige von beiden, der es in Sachen Pünktlichkeit nicht sonderlich ernst nahm, was einen angenehmen Ausgleich zu ihrer hektischen Art darstellte. Doch seit heute Morgen der Wecker geklingelt hatte, saß er auf glühenden Kohlen und hätte sie am liebsten schon vor einer Stunde mit gepackten Taschen vor der Tür gesehen.

Sie zückte ihr Handy. Schon wieder eine Nachricht von Luisa.

Vergiss nicht, welchen Sinn euer Trip hat.

Das hatte sie jetzt von ihrer Ehrlichkeit. Seit sie ihrer Freundin erzählt hatte, dass sich die Probleme mit Ole häuften, war sie ständig bemüht, den beiden Beziehungstipps zu geben. Als Katinka angefangen hatte, über eine mögliche Trennung zu sprechen, hatte Luisa es sich zur Aufgabe gemacht zu überprüfen, ob Katinka ihr selbst gesetztes Ultimatum einhielt. Dabei sollte es allein an ihr liegen, wann sie ihre Beziehung letztendlich aufgab. Gerade in den letzten Tagen hatte Ole es tatsächlich geschafft, sich zusammenzureißen und seine Wutausbrüche unter Kontrolle zu halten. Die Beschäftigung mit dem Schrebergarten, den er von ihrem Nachbarn zur Pflege übernommen hatte, tat ihm gut. Katinka hingegen genoss den Abstand, den beide dadurch voneinander bekamen. Momentan hatte sie eher das Gefühl, dass sie sich ganz neu in ihn verlieben konnte. Sieben Jahre warf man nicht so einfach weg.

Ja, letzte Chance, wenn dieser Urlaub nichts wird, dann war's das mit uns, schrieb sie schließlich zurück. Sie hatte jetzt keine Lust auf Diskussionen.

»Unser Zug geht in einer halben Stunde und ich würde auch gerne noch kurz etwas Deo benutzen und meine Zahnbürste einpacken«, rief Ole noch einmal vor der Tür.

Genervt verdrehte sie die Augen und riss die Tür auf. »Du hattest die ganze Zeit Besseres zu tun, als dich um die Vorbereitungen für den Urlaub zu kümmern. Gestern war dir der Garten wichtiger. Jetzt musst du damit leben, dass ich erst noch packen musste. Zur Not nehmen wir eine spätere Verbindung.«

»Das sind zuggebundene Tickets. Keine Ahnung, was du daran nicht verstehst. Wenn du mich reinlässt, dann muss ich wenigstens keine fremden Leute im Zug vollstinken.«

»Bei mir stört dich das wohl nicht mehr nach sieben Jahren«, murmelte sie und trat einen Schritt zur Seite, um ihn ins Badezimmer zu lassen. »Du hast das Bad gleich für dich, ich muss uns noch Sandwiches schmieren. Für die Fahrt.«

Ole schaute sie mit zusammengekniffenen Augen im Spiegel an. »Äh, ja, was das Brot angeht … Ich muss dir da was sagen.«

Sie ahnte bereits, was er ihr jetzt eröffnen würde. »Ist nicht dein Ernst?«, fragte sie.

»Tut mir leid, ich hab mir gestern Brote geschmiert, als Proviant für die Gartenarbeit.«

Katinka gab ihm einen Klaps auf die Schulter. »Du Idiot«, sagte sie. Er legte den Arm um sie und zog sie zu sich heran.

»Ich mach's wieder gut«, murmelte er und gab ihr einen Kuss. Sie hatten in letzter Zeit so wenig Körperkontakt gehabt, dass sich dieser Kuss fremd und gestellt anfühlte. Schon seltsam, wie sehr sie sich in den letzten Monaten voneinander entfernt hatten. Zwar hatte sich Oles Grundstimmung, seit er die Pflege des Gartens übernommen hatte, gebessert, doch dafür hatte er kaum noch etwas anderes im Kopf. Das ging so weit, dass Katinka manchmal das Gefühl hatte, alleine zu wohnen.

Den Sommer über war er ständig in Baumärkten unterwegs gewesen und hatte Material besorgt, um das Grundstück auf Vordermann zu bringen. Das war die Bedingung des Nachbarn gewesen. Ole übernahm die Pflege des Gartens und konnte ihn dafür kostenfrei nutzen. Katinkas Meinung nach ein Verlustgeschäft. Allein für das Geld, das Ole für Werkzeug und Material ausgegeben hatte, um die Laube instand zu setzen, hätte er sich einen kleineren Garten in zentralerer Lage mieten können.

»Freust du dich schon?«, fragte Ole und riss sie aus ihren Gedanken.

»Hm«, druckste sie herum. Sie wusste es nicht. Bis vor Kurzem hatte sie sich auf den Urlaub gefreut. War überrascht von seiner Idee gewesen, zu ihrem siebten Jahrestag nach Dänemark zu fahren, dort ein Konzert ihrer Lieblingsband zu besuchen und anschließend ein bisschen zu wandern.

Dann allerdings hatte er ihr eröffnet, dass er außerdem seinen Bruder besuchen wollte. Es war nicht gerade so, als hätte

Katinka etwas gegen eine Familienzusammenführung einzuwenden. Ihren Jahrestag im Kreise von Fremden zu verbringen, war jedoch nicht unbedingt das, was sie sich unter einem romantischen Urlaub vorstellte. Doch Ole blickte sie so erwartungsfroh an, dass sie ihm ihre Enttäuschung unmöglich ins Gesicht sagen konnte.

»Ja«, antwortete sie also. »Das haben wir uns wirklich verdient. Wir machen uns ein paar tolle Tage.«

Sie lächelte und hoffte, dass ihre Worte sich bewahrheiten würden.

4. Kapitel

»Früher begriff ich nicht, warum ich auf meine Frage keine Antwort bekam, heute begreife ich nicht, wie ich glauben konnte, fragen zu können.«

Franz Kafka

Wimmernd lag Beatrice in einer Ecke des dunklen Kellerlochs. Sie fror, der Steinboden war eiskalt. Trotz der Schmerzen, die ihre geschundene Haut verursachte, rollte sie sich zusammen. Nicht nur wegen der Kälte bereute sie es, sich hingelegt zu haben. Doch nachdem sie unendlich lang in allen erdenklichen Positionen stehend ausgeharrt hatte, um Schmerzen zu vermeiden, hatte die Erschöpfung den Kampf gewonnen.

Das Hinlegen war nicht einfach gewesen. Alleine beim Hinabbeugen spannte die Haut an ihrem Rücken und erinnerte sie an die Tortur, die sie am Nachmittag hatte durchleiden müssen. Als sie den Boden berührte, hatte sie das Gefühl, dass der Steinboden an ihren Beinen das blanke Fleisch berührte.

Wie lange hielt er sie nun schon hier gefangen? Tage, möglicherweise Wochen? Sie hatte mittlerweile jegliches Zeitgefühl verloren. Nur die Intervalle von Hunger und Müdigkeit gaben ihr einen ungefähren Anhaltspunkt darüber, wie viel Zeit verging, während sie im Dunklen wartete. In der Finsternis wirkte das Rumoren ihres Magens beängstigend und hörte sich manchmal an wie ein gequältes Tier. Überhaupt erschuf die Dunkelheit Geräusche, die gar nicht vorhanden waren. Hin und wieder glaubte sie, ein Flüstern zu hören. Beinahe so, als wären noch weitere Personen mit ihr in diesem Keller eingesperrt, die ihr etwas mitteilen wollten. Je mehr sie sich jedoch auf die vermeintlichen Stimmen konzentrierte, desto intensiver wurde das Rauschen in ihren Ohren und übertönte alles.

Andere Geräusche hingegen klangen bedrohlich und schienen lauter zu werden, wenn sie darauf achtete. Ein Knacken von rechts, ein Kratzen in der Wand, Tropfen, die auf einen feuchten Untergrund trafen. Immer wieder zuckte sie zusammen, zog ihre Füße ein oder schlug nach vorne aus, in der Befürchtung, irgendjemanden zu erwischen. Sie wurde das Gefühl nicht los, als näherte sich ihr etwas in der Dunkelheit. Als würde es nach ihrem Fuß greifen. Sie zu sich ziehen, um sie in Stücke zu reißen und aufzufressen. Da war es wieder. Ein Rascheln, diesmal direkt vor ihr.

Sie schreckte zusammen. Mit Mühe verkniff sie sich einen Schmerzensschrei, als ihre Schulter über den sandigen Boden schleifte. Sie wusste, der geringste Laut von ihr könnte dazu führen, dass sie zurück in die Wanne musste. Er würde sie wieder zwingen, in das heiße Wasser zu steigen. Sie ab und zu mit dem heißen Tauchsieder anstoßen, bis ihre Haut Blasen warf und sich die obersten Schichten vom Körper ablösten. Bis sie beinahe ohnmächtig vor Schmerz wurde. Erst dann würde er sie herausholen, sie mit der Fußfessel an die Wand ketten und sich selbst in das abgekühlte Wasser setzen. Sie presste den Mund in die Beuge ihres Ellenbogens und erstickte so den Schrei.

Mittlerweile waren ihre Glieder taub und ihre Hüfte schmerzte von dem harten Steinboden. Sie fragte sich, wann er ihr die Matratze zurückgeben würde. Sie verstand nicht, weshalb er sie ihr überhaupt weggenommen hatte. Sie hatte sich extra über den Rand hinausgelehnt, um den Bezug nicht mit ihrem Erbrochenen zu verschmutzen. Vermutlich war er schon über die Tatsache verärgert, dass sie sich übergeben hatte. Aber sie konnte doch nichts dafür.

Was sollte sie tun, wenn die Mahlzeiten, die er für sie zubereitete, einfach nicht in ihrem Magen bleiben wollten? Sie wünschte sich selbst am meisten, dass sie etwas von dem Essen bei sich behalten würde. Doch alles, was sie vertrug, war das trockene Toastbrot, das er ihr immer hineinwarf, bevor er ging.

Der Brei, den er ihr ab und zu servierte, schmeckte widerlich und bitter, doch sie aß ihn trotzdem tapfer. Kurz nach dem Essen jedoch spürte sie jedes Mal, wie ihr Magen anfing zu rebellieren. Meist dauerte es danach keine Stunde, bis sie die Pampe aus Grieß und irgendwelchen Gewürzen wieder erbrach.

Wenn das so weiterging, würde sie nicht mehr lange durchhalten. Es gab sogar Momente, da hoffte sie, dass sie ihm einfach unter den Händen wegstarb und ihm so seinen Spaß verdarb. Wie lange es wohl dauerte, bis man verhungerte? Das bisschen Toast und das abgestandene Wasser, das er ihr in Kanistern brachte, sorgten nicht gerade für eine ausreichende Nährstoffzufuhr. Außerdem mussten ihre Wunden dringend versorgt werden. Auf dem dreckigen Sandboden konnte sie sich schnell eine Sepsis holen. Was wäre wohl besser, zu verhungern und zu verdursten oder an einem hohen Fieber zu sterben? Vielleicht hatte sie Glück und Letzteres würde sich ähnlich anfühlen wie zu erfrieren. Menschen, die kurz vor dem Kältetod standen, zogen sich häufig aus, weil der Körper ihnen vorgaukelte, dass es warm war.

Sie zuckte zusammen. Schlagartig war ihr Kopf wie leer gefegt. Schritte stampften über ihrem Kopf. Er war auf dem Weg zu ihr. Sie rappelte sich auf und kauerte sich, die Schmerzen ignorierend, in ihrer Ecke zusammen.

Gerade rechtzeitig, denn im nächsten Moment riss er die

Tür zu ihrem Gefängnis auf. Schnaufend stand er im grellen Lichtschein der Neonröhre, die den Raum vor ihrem Kerker erleuchtete. Ihre Augen brannten von der Helligkeit, trotzdem versuchte sie, ihm ins Gesicht zu sehen.

»Steh auf«, sagte er mit ruhiger Stimme, die sie mehr ängstigte als sein Geschrei.

Wenn er wütend war und sie anbrüllte, dauerte es meist nicht lange, bis er sich einfach umdrehte und verschwand. Dieser sanfte Ton allerdings verriet ihr, dass er etwas Schreckliches mit ihr vorhatte.

»Ich habe doch erst gebadet. Du hast mir eine Pause versprochen, wenn ich brav bin.« Folgsam hatte sie alles ausgeführt, was er verlangt hatte. Mit zusammengebissenen Zähnen war sie schweigend in die Badewanne gestiegen und hatte nicht mal einen Mucks von sich gegeben, als er mit dem Tauchsieder dafür gesorgt hatte, dass das Wasser nicht zu sehr abkühlte. Lediglich die Tränen hatte sie nicht zurückhalten können, doch die hätte er unmöglich von den Schweißperlen auf ihrer Haut unterscheiden können.

»Ich sagte: Steh auf! Keine Widerrede.«

Sie nickte. Widerstand machte keinen Sinn. Ganz langsam rappelte sie sich hoch. Er packte sie am Handgelenk und zog sie zu sich heran.

»Was haben wir vor?«, flüsterte sie und bemühte sich, Distanz zwischen seinen und ihren Oberkörper zu bringen. Sie konnte es nicht ertragen, ihn in ihrer Nacktheit zu berühren, auch wenn er noch bekleidet war. Er beugte sich nach unten, um ihre Fußfessel zu lösen. Dann stieß er sie von sich. Beatrice stolperte über ihre eigenen Füße und fiel hin. Er schnaufte.

»Tu mir nicht weh, bitte. Es tut mir leid, dass ich so ungeschickt bin.«

»Keine Sorge, es ist bald vorbei«, sagte er und warf ihr einen Kanister Wasser und eine Packung Toastbrot in den Kellerraum.

Danach schlug er von außen die Tür zu. Einen Moment hielt sie die Luft an und hörte zu, wie er die Leiter hinaufstieg und verschwand.

Was meinte er damit, bald wäre es vorbei? Ihr Herz raste bei der Vorstellung, dass er sie endlich freiließ. Sie könnte in ein Krankenhaus, ihre Wunden versorgen lassen, die schrecklichen Erlebnisse vergessen und wieder zu ihrem alten Leben zurückkehren. Wieder in ihrem kleinen Laden stehen, ihre Kunden betreuen und mit ihrem Hund spazieren gehen. Bei dem Gedanken an ihren Labrador Herrn Schmidt krampfte sich ihr Herz zusammen. Ihr war klar, was seine Aussage in Wirklichkeit zu bedeuten hatte.

Sie würde ihm nicht entkommen. Zumindest nicht lebend.

5. Kapitel

»Denken sie auch oder schlurfen sie nur sinnlos
über die Erde?«
Franz Kafka

»Hier sieht ein Haus aus wie das andere«, jammerte Katinka. Seit geraumer Zeit versuchte sie genervt, auf der ausgedruckten Karte etwas zu entziffern. Navigation übers Handy stand natürlich nicht zur Verfügung. Einen Auslandstarif fürs Handy zu buchen, hatte Ole nicht für nötig erachtet, und das jetzt noch nachzuholen, war viel zu teuer.

»Ja, nämlich einfach wunderschön«, entgegnete Ole. Seit sie in Kopenhagen angekommen waren, bewunderte er ohne Unterlass die roten Backsteinhäuser. Er tat geradezu so, als befänden sie sich im prachtvollsten Villenviertel Kopenhagens und nicht in dem familienfreundlichen Stadtteil mit den italienischen Straßennamen.

Katinka sah ihn herausfordernd an. »Das hilft uns überhaupt nichts, wenn wir nicht das *eine* wunderschöne Haus finden, in dem wir heute Nacht übernachten wollen. Außerdem könnte ich dringend Koffein vertragen.«

»Vielleicht hilft das ja auch gegen schlechte Laune.« Er zwinkerte sie fröhlich an. »Wenn du nicht so geizig wärst, hättest du deinen Kaffee längst bekommen.«

Geiz, so ein Schwachsinn. Ihr Unwille, umgerechnet fünf Euro für einen einfachen Kaffee zu bezahlen, hatte rein gar nichts mit Geiz zu tun. Das war nur vernünftig. Vor allem für einen Kaffee aus einer stinknormalen Filtermaschine, der schon ewig auf der Wärmeplatte herumstand und vermutlich nur nach bitterem und lauwarmem Wasser schmeckte.

»Könntest du dich vielleicht einfach dazu herablassen, gemeinsam mit mir auf diese Karte zu schauen, anstatt die immer gleichen Häuser zu bewundern und zu knipsen? Das werden bestimmt keine Fotos, die ich in unser Familienalbum kleben werde«, sagte sie zu Ole, der bereits wieder damit beschäftigt war, Fotos von Privathäusern zu schießen.

»Jap. Mach ich. Findest du es nicht auch total interessant, dass die Leute hier keinen Wert auf protzige Autos legen? Ich hab noch nicht einen BMW oder etwas in dieser Klasse entdeckt. Du?«

Katinka verdrehte die Augen, verkniff sich aber den Kommentar, dass die Dänen sich vermutlich wegen der horrenden Kaffeepreise keine teuren Wagen leisten konnten. Ebenso vermied sie es, ihn darauf hinzuweisen, dass diese alten Autos ganz sicher nicht mit seiner Ansicht von nachhaltiger Energienutzung übereinstimmten. Stattdessen sagte sie: »Schau, wir sind schon im richtigen Viertel, alle Straßen haben einen Bezug zu Italien. Wir müssen nur noch den Milanovej finden, also Augen auf und Schluss mit dem Paparazzogehabe.«

Ole brummelte irgendetwas, das nach Zustimmung klang. Dann plötzlich wurden seine Schritte ausladender, er sprintete über die Straße.

»Oh ja, so finden wir die Adresse bestimmt schnell, wenn du blind durch die Gegend rennst«, rief sie ihm hinterher.

»Wir machen es so: Du schaust nach diesem Vejsonstwie und ich gehe schnell in den Aldi und kaufe dir einen Kaffee, damit deine Laune auf ein annehmbares Level steigt.«

Damit war er durch die automatischen Schiebetüren verschwunden.

Katinka schaute sich suchend um. Im Prinzip musste sie Ole recht geben: Hier ließ es sich wirklich aushalten. Die Häuser wirkten durch den roten Backstein unheimlich gemütlich, und das Wohngebiet, das sich hinter der Hauptstraße in Richtung Amager Strand erstreckte, erschien wie ein Paradies für Familien. Anstelle von Autos schien hier eher das Haus ein Statussymbol zu sein. Beinahe jedes hatte einen Garten vornedran, von denen jeder zweite aussah wie ein Kinderspielplatz. Der Herbst hatte bereits die ersten Vorboten geschickt und buntes Laub zierte die Wiesen und Bürgersteige und ließ die Bäume in den verschiedensten Rottönen leuchten.

Hoffentlich ist es bei unseren Gastgebern auch so nett, dachte Katinka.

Um Ole einen Gefallen zu tun, hatte sie sich zum ersten Mal auf das Experiment Couchsurfing eingelassen, anstatt auf einem Hotel zu bestehen oder, wie ursprünglich geplant, auf einen Campingplatz zu gehen. Da im September die Temperaturen, wenn es schlecht lief, auf zehn Grad absinken konnten, hatte sie sich dieses Mal zu dem Abenteuer überreden lassen. Auch wenn das bedeutete, dass sie in naher Zukunft womöglich ebenfalls wildfremde Menschen beherbergen musste, da dies das Prinzip von Couchsurfing war. Man bekam zwar eine kostenlose Unterkunft, musste sich dafür aber bereit erklären, sein Zuhause ebenfalls zur Verfügung zu stellen.

Die Schiebetüren vom Aldi öffneten sich. Triumphierend, die Hände mit den Plastikbechern wie nach einem Sieg in die Luft reckend, trat Ole mit dem Milchkaffee und einer Packung Kekse auf die Straße.

»Der Abend ist gerettet«, sagte er stolz und reichte ihr einen der Becher.

»Mein Held. Soll ich auf die Knie fallen und dir die Füße küssen?«, fragte Katinka und zwinkerte. Gierig riss sie den Deckel auf und leerte beinahe die Hälfte ihres Getränks in einem Zug.

Ole tat es ihr gleich, bevor sie sich wieder in Bewegung setzten. »Von dem Namen darf man sich hier wirklich nicht täuschen lassen. Der Laden heißt vielleicht Aldi. Vom Preis her hat er diese Bezeichnung aber auf jeden Fall nicht verdient«, nuschelte er, während er sich mit den Zähnen daranmachte, die Kekspackung zu öffnen.

»Warum? Ist das hier ein Feinkostladen?«

»Könnte man so sagen. Du solltest diese Mahlzeit ganz besonders genießen, sie hat mich nämlich sechsundvierzig Kronen gekostet.«

»Ach du Scheiße«, sagte sie. Der Geschmack des Kaffees rechtfertigte den Preis keinesfalls. »Dieser Urlaub wird uns ganz schön schröpfen, wenn wir nicht aufpassen.«

Ihr Unmut über die überteuerten Lebensmittel war bald verschwunden, als sie endlich die gesuchte Straße entdeckte. Wie im gesamten Viertel waren auch hier die Häuser klein und gepflegt. Vielleicht war es doch keine so dumme Idee gewesen, das Risiko einzugehen. Angst davor, bei irgendwelchen Psychopathen unterzukommen, die ihre Couch nur deshalb anboten, weil sie auf der Suche nach Opfern waren, hatte sie zumindest nicht mehr.

Ihre Gastgeberin, die freundlich lächelnd die Tür öffnete, ließ die restlichen Zweifel verfliegen. Der Duft nach frisch gebackenem Brot strömte ihnen entgegen. Mit einem entzückenden dänischen Akzent, der an Brigitte Nielsen erinnerte, flötete die große Blondine: »Willkommen in unserem Haus. Ich bin Malou.« Sie machte eine einladende Geste und trat einen Schritt zurück. Als sie an ihr vorbeigingen, hatte Katinka das Gefühl, dass die Frau Ole erstaunt musterte. Dann drehte sie sich um, schloss die Tür und der Gesichtsausdruck änderte sich wieder in das freundliche Lächeln. »Zieht euch bitte die Schuhe aus und kommt mit, ich zeige euch alles.«

Angenehme Wärme drang aus dem Fliesenboden durch Katinkas Socken an ihre Füße. *Fußbodenheizung*, dachte sie, und ein wohliger Schauer durchlief sie. Für sie, die unter chronisch kalten Füßen litt, gab es nichts Besseres. Als sie das Wohnzimmer betraten, entdeckten sie weitere Mitbewohner. Auf dem Boden saßen zwei Kleinkinder – Katinka schätzte sie auf höchstens zwei bis drei Jahre –, nur mit Windeln und einem Body bekleidet. Vor Freude laut quiekend waren sie damit beschäftigt, ihre Duplosteine durch die Gegend zu feuern.

»Darf ich vorstellen? Die jüngsten Mitglieder unserer Familie, Ida und Sören. Unser Ältester ist noch in der Tagesstätte.«

»Und wir schlafen hier?«, fragte Katinka. Neben zwei Sesseln gab es im Wohnzimmer nur ein winziges Sofa, das auch nicht so aussah, als könne man es ausklappen. Katinka bekam bereits bei dem Anblick Rückenschmerzen.

»Nein, kommt bitte mit«, sagte Malou und ging zu einer Schiebetür. Vom Flur aus folgten sie ihr in den Keller, der komplett ausgebaut war. Katinka atmete erleichtert auf. Nicht nur, dass ihnen die Nacht auf einem unbequemen Sofa erspart blieb, hier unten liefen sie auch nicht Gefahr, früh morgens von Kinderhänden in ihrem Gesicht geweckt zu werden. Es gab wenig, das sie so eklig fand wie die Vorstellung, von vollgesabberten Kinderfingern begrabbelt zu werden.

Die erwartete Couch stellte sich als Gästezimmer mit eigenem Bad und Kaffeemaschine heraus. Und für das alles mussten sie keinen Cent bezahlen. Mit einem Hotel in ihrem Budget hätten sie es kaum besser treffen können. Das hier war der Jackpot.

Malou zog sich schnell zurück und dank der Kaffeemaschine und dem Kaffeepulver, das in weiser Voraussicht von der Gastgeberin bereitgestellt worden war, bekam Katinka noch einen weiteren und diesmal auch heißen Kaffee vor dem Konzert. Um einem Streit aus dem Weg zu gehen, ließ sie Ole eine halbe Stunde Zeit, sich hinzulegen. Er war ohnehin nicht begeistert davon, zwei Stunden vor Einlass vor dem Amager Bio, der Konzerthalle, zu erscheinen und sich die Beine in den Bauch zu stehen. Katinkas Leidenschaft für Livemusik teilte er nur bedingt und erst so gar nicht ihren Fanatismus, wenn es um Jimmy Eat World ging.

Hinzu kam, dass er mit Sicherheit spätestens dann schlechte Laune bekam, sobald er den Grund für das frühe Eintreffen herausfand. Katinka hatte sich mit ihrer Internet-Freundin verabredet, die sie alle paar Jahre auf den Konzerten ihrer gemeinsamen Lieblingsbands wiedertraf. Eben diese Frau konnte Ole bis aufs Blut nicht ausstehen. Ein entspannter Ole ertrug sie unter Garantie eher als ein völlig übermüdeter.

Während Ole sich ausruhte, machte Katinka sich daran, ihre Sachen in die Kommode zu räumen. Jetzt, nachdem sie die Unterkunft gesehen hatte, war sie geneigt, ein wenig länger in Kopenhagen zu bleiben und die Stadt etwas zu erkunden. Vorausgesetzt, ihre Gastgeberin hatte nichts dagegen. Um an der Steilküste Dänemarks entlangzuwandern und Oles Bruder zu treffen, blieb immer noch genügend Zeit. Immerhin waren dies ihre letzten Semesterferien, bevor sie mit ihrer Masterarbeit beginnen würden, warum also sollten sie die nicht ausnutzen? Wenn sie erst beide einen festen Job hatten, war es dahin mit der Spontaneität und der Freiheit, den Urlaub eigenmächtig zu verlängern. Außerdem hatten die dunklen Wolken seit ihrer Ankunft bedenklich zugenommen und es war keine schlechte Idee, die Nächte in einem Zimmer mit Fußbodenheizung zu verbringen anstatt in einem Zelt im Regen.

Nach einer knappen Stunde entschied sie, dass Ole sich genug ausgeruht hatte. Judith hatte Katinka bereits die dritte

SMS geschickt, wo sie denn bliebe, also weckte sie ihn, und zusammen machten sie sich auf den Weg zum Amager Bio. Ole hatte die perfekte Wahl der Unterkunft getroffen, es dauerte kaum zehn Minuten, bis sie die Vergnügungsmeile mit dem ehemaligen Kino erreicht hatten, in dem sich nun eine Konzertlocation befand.

»Das ist nicht dein Ernst, oder?« Ole blieb abrupt stehen und zog an Katinkas Ärmel.

»Was meinst du?«, fragte sie und folgte seinem Blick. Direkt vor den schwarzen Eingangstüren der Location entdeckte sie Judith, die wild winkte, um auf sich aufmerksam zu machen.

»Du wusstest genau, dass die hier ist«, stellte Ole sichtlich beleidigt fest.

Katinka gab ihr Bestes, überrascht zu wirken. »Ach«, sagte sie und riss die Augen auf. »Sieh mal einer an. Dass sie auch hier ist, davon hatte ich keine Ahnung.«

»Das wird ja ein klasse Konzert zu unserem Jahrestag. Das Ereignis mit Judith zu feiern, stand nicht auf meiner Liste.«

»Jetzt werd nicht unfair. Ich kann ihr wohl kaum vorschreiben, welches Konzert sie besuchen darf. Da es dieses Jahr keine Deutschlandtour gibt, war es doch naheliegend, dass sie auch nach Dänemark kommt. Außerdem wirst du dir schon nicht den ganzen Urlaub von ihr vermiesen lassen. Jahrestag haben wir erst nächste Woche, also mach dich locker.« Damit puffte sie ihn in die Seite und machte sich auf den Weg, um Judith zu begrüßen, die ihren Platz direkt an der Tür nicht aufgeben wollte.

Diese gab sich reichlich Mühe, Oles Meinung über sie zu bestärken. Laut lästernd zog sie über ein paar finnische Mädchen her, die die Unverschämtheit besaßen, bereits seit dem frühen Morgen vor der Halle zu campieren, und sich somit vor ihr eingereiht hatten.

Katinka nickte freundlich und bestätigte Judith in ihrer

Ansicht, dass natürlich sie der größte Fan war und die Finnen nichts draufhatten.

Ole stand neben ihnen und verdrehte hin und wieder die Augen. Schließlich nahm er Katinka an der Hand und sagte: »Wir gehen uns noch etwas zu trinken holen, wenn es dir recht ist.«

»Och, ihr seid doch gerade erst gekommen. Ich steh schon den ganzen Tag alleine hier rum«, jammerte Judith. »Kann Katinka nicht wenigstens hierbleiben, damit ich ein wenig Gesellschaft habe? Ich würde auch gerne mal auf die Toilette gehen, aber dann wäre mein Platz weg.«

Katinka zuckte mit den Schultern und schaute Ole an. »Dann geh du ruhig, ich bleibe hier und passe auf den Platz auf. Du kannst uns ja was mitbringen.«

Ole drehte sich um und ging ohne ein Wort davon.

»Ist voll süß, dass er mitgekommen ist«, sagte Judith und nickte ihm hinterher. Das falsche Lächeln auf ihrem Gesicht zeigte Katinka, dass sie eigentlich genau das Gegenteil meinte.

»Er hat mich sogar eingeladen«, stellte Katinka richtig. »Wir sind nächste Woche sieben Jahre zusammen, und er hat für uns eine Kombination aus Konzert und Familienzusammenführung geplant. Wenn wir uns bei seinem Bruder einquartiert haben, gehen wir ein bisschen an der Steilküste wandern. Zum Jahrestag haben wir uns dann ein schönes Restaurant ausgesucht, in dem wir essen wollen.«

Judiths Mund klappte auf und schloss sich wieder, ohne dass sie einen Ton gesagt hätte.

»Ich weiß, es ist schwer vorstellbar, dass er so ein netter Kerl ist«, sagte Katinka. Judith hatte die Augen zu Schlitzen verengt und entgegnete nichts. Katinka kam sich blöd vor, von ihrer ach so glücklichen Beziehung zu schwärmen. Wenn die beiden über Facebook chatteten und sich ihre Unterhaltung um etwas anderes als Jimmy Eat World drehte, dann ging es meist darum, dass Judiths Lebensgefährte zum wiederholten Mal drei Nächte am Stück nicht aufgetaucht war.

»Wie ist euer Hotel?«, fragte Judith, wartete jedoch Katinkas Antwort nicht ab. »Stell dir vor, ich bin in einer Ferienwohnung, da haben die es nicht mal geschafft, die Betten zu beziehen. Ich meine, es ist nun nicht so, als würde ich nicht genug dafür zahlen. Da kann man doch ein bisschen Service erwarten, oder? Aber immerhin hat das Bad Fußbodenheizung und sie haben so eine geile Nespresso-Maschine. Ich freu mich schon auf morgen früh, wenn ich einen davon trinken kann. Oder auch zwei, immerhin zahle ich genug, und nicht mal die Bettwäsche …«

Katinka schaltete ihre Ohren auf Durchzug. Auch wenn sie fand, dass Ole überreagierte, was Judith anging, musste sie ihm in einem Punkt zustimmen: Das Gerede dieser Frau war manchmal unerträglich. Es kam ihr beinahe so vor, als befände sich ein zickiger Teenager ohne viel Bildung oder Anstand im Körper einer erwachsenen Frau. Außerdem war sie so ichbezogen, dass man sich mit ihr nur schwer über etwas anderes als sie selbst oder die Band unterhalten konnte. Sie hörte einem kaum zu, und wenn sie etwas zu dem gerade Erzählten hinzuzufügen hatte, dann nur, um selbst eine Geschichte aus ihrem Leben zu diesem Thema zum Besten zu geben. Häufig passierte es sogar, dass sie ein und dieselbe Geschichte gleich mehrere Male erzählte, je nachdem, wie viel Zeit am Stück man mit ihr verbrachte. Katinka hatte manchmal das Gefühl, Judiths gesamtes Leben auswendig zu kennen, obwohl sie abgesehen von ihren Treffen bei Konzerten reichlich wenig mit ihr zu tun hatte.

»Katinka?«

»Was meinst du?«

»Ich hab gefragt, ob du heute Abend dann auch noch mit zum Hotel kommst?«

Katinka nickte. »Ich muss noch mit Ole darüber sprechen.«

Eigentlich hatte sie vor, mit Judith nach dem Konzert zu versuchen, die Band zu treffen. Der einzige Grund eigentlich, warum sie sich mit ihr angefreundet hatte. Die Unterhaltungen mit Judith, so langweilig sie auch waren, hatten sich in den Nächten vor den Hintereingängen der Hotels automatisch ergeben. Und da Judith der Band hinterherreiste, war es Katinka unmöglich, auf ein Konzert von Jimmy Eat World zu gehen, ohne auf sie zu treffen.

»Ja, siehst du, das ist der Grund, warum ich ohne Anhängsel auf Konzerte gehe. Übrigens, wir sollten nicht so laut über das Hotel reden, wer weiß, was die um uns rum alles verstehen. Keinen Bock, da später mit zwanzig Leuten zu warten. Ach, von wegen Hotel, hätte ich mal lieber eins gebucht. Hab ich dir schon gesagt …«

Eine gefühlte Ewigkeit beschwerte Judith sich munter weiter. Katinka hatte nicht einmal geahnt, dass es so viele Dinge an einer Ferienwohnung gab, über die man sich beschweren konnte. Mal davon abgesehen war der Preis im Vergleich zu Hotels der entsprechenden Kategorie wirklich niedrig, und Judith musste nicht viele Wochen dort verbringen.

Hilfe suchend blickte Katina sich um und entdeckte endlich Ole, der mit zwei Bäckertüten in der Hand über den Platz an der in der Zwischenzeit beträchtlich angewachsenen Schlange entlanggeschlendert kam. Erleichtert winkte sie ihm zu.

»Was Süßes für die Süßen?«, fragte er mit einem verschmitzten Grinsen im Gesicht und warf sich mit einer ruckartigen Kopfbewegung die Locken aus der Stirn.

Judith kicherte wie ein kleines Mädchen und nahm ihm eine der Tüten ab.

»Schleim nicht so«, sagte Katinka und lächelte ihm zu. Bei all der Abneigung, die er für Judith hegte, ließ er sie kein Stück spüren, dass ihre Anwesenheit einen Graus für ihn darstellte.

»Ich hab auch Wasser für euch mitgebracht. Hier, die ist für dich.« Ole nahm eine Halbliterflasche aus seiner Hosentasche und hielt sie Judith hin. »Die Große teilen wir beide uns.«

»Das ist klasse. So hab ich direkt nach dem Konzert was«, sagte Judith und steckte die Flasche in ihre Handtasche.

»Ich glaube nicht, dass du damit reingelassen wirst«, sagte Katinka.

»Ist klar. Aber ich deponiere sie gleich dahinten in dem Busch und hole sie dann später wieder raus. Hab ich schon oft so gemacht, das funktioniert meistens prima. Und wenn nicht, dann ist halt die Flasche Wasser weg.« Damit drehte sie sich um und stiefelte zu dem Busch. »Ihr wartet hier, ich gehe noch mal in das Café gegenüber aufs Klo«, rief sie ihnen im Gehen zu.

»Ouh, die ist so anstrengend«, schnaufte Ole.

Katinka nickte. »Du hättest mal mitbekommen sollen, wie sie über die Ferienwohnung abgelästert hat.«

»Ich verstehe nicht, warum du dich immer wieder mit ihr abgibst.«

»Es wäre unangenehmer, da hinten zu stehen und so zu tun, als würde ich sie nicht kennen. Außerdem tut sie mir irgendwie leid. Sie muss schon ein trauriges Leben haben mit ihrem Macker.«

Ole tippte ihr mit dem Zeigefinger aufs Kinn. »Deswegen liebe ich dich so. Weil du ganz tief in dir versteckt einen weichen Kern hast. Auch wenn Judith ihn nicht verdient hat«, sagte er und küsste sie.

6. Kapitel

»Wer sucht, findet nicht, aber wer nicht sucht, wird gefunden.«

Franz Kafka

Judiths T-Shirt klebte an ihrem Rücken fest, so sehr schwitzte sie, als sie das Amager Bio verließ. Sie ging an den Busch, in dem sie vor dem Konzert ihre Wasserflasche deponiert hatte, und tastete blind zwischen den Ästen nach ihrem Getränk. Doch ihre Hand griff ins Leere.

»Das DARF nicht wahr sein«, jammerte sie. Jemand musste sie beim Verstecken beobachtet und die Flasche bei der nächstbesten Gelegenheit geklaut haben. Dabei hatte sie noch vor Katinka und Ole damit geprahlt, dass ihr das nie passierte. Das fehlte ihr gerade noch nach diesem misslungenen Abend. Und für diesen Urlaub hatte sie über zweihundert Euro ausgegeben.

Nicht nur, dass die Ferienwohnung ein totaler Reinfall war. Die Band hatte nur die neuen und langweiligen Songs gespielt und Katinka hatte unangekündigt ihren beknackten Freund mitgebracht, was bedeutete, dass sie ein wenig Gesellschaft vor dem Hotel der Band vergessen konnte. Ganz bestimmt wäre Ole nicht begeistert von dem Vorschlag, noch zum Hotel zu gehen, und Katinka würde sich nach ihm richten. Die beiden waren wie Arsch und Eimer. Für Dänemark war das so nicht ausgemacht gewesen. Fehlte eigentlich nur noch, dass sie die Band verpasste, weil sie hier zu lange nach ihrer Wasserflasche suchte.

Gerade als sie frustriert aufgeben wollte, ertasteten ihre Finger das Plastik. »Jaa«, stieß sie aus und zog die Flasche triumphierend aus dem Gebüsch.

Gierig schraubte sie den Deckel ab und nahm einen tiefen Schluck. Nachdem der ärgste Durst gestillt war, verzog sie angewidert das Gesicht. Das Wasser schmeckte irgendwie bitter und abgestanden. Nicht mal ordentliches Mineralwasser bekamen die Dänen hin. Hatte der Deckel überhaupt geknackt beim Öffnen?

Wer weiß, wie lange die Flasche dort geöffnet in der Kühltheke stand, dachte sie und roch an der Öffnung.

»Hey, Judith, da bist du ja. Hast du Ole irgendwo gesehen?«, hörte sie Katinkas Stimme hinter sich.

Judith drehte sich um. »Nee du, hab ihn nirgends entdeckt. Ich dachte, ihr wärt längst gegangen.«

»Quatsch, ich will mich doch wenigstens von dir verabschieden. Schließlich werden wir eine ganze Weile warten müssen, bis wir Jimmy und die Band das nächste Mal sehen können, was meinst du?«

»Ach«, sagte sie und winkte ab. »Nach heute weiß ich gar nicht, ob ich noch mal auf ein Konzert gehe. Mal sehen, was nachher am Hotel passiert. Ich gebe ständig so viel Geld aus und mache so viel für die. Aber irgendwie hab ich das Gefühl, dass sie mich gar nicht so richtig würdigen.«

Katinka nickte, doch Judith konnte ihr ansehen, dass sie ihre Meinung nicht teilte. Und wie immer war sie zu feige, es zuzugeben.

»Meinst du, ich kann einen Schluck von deinem Wasser haben?«

Judith starrte auf die Flasche in ihrer Hand. Ob abgestanden oder nicht, sie würde den Teufel tun und ihr das übrige Wasser überlassen. Obwohl sie sich vor dem bitteren Geschmack ekelte, nahm sie noch einen tiefen Schluck und reichte den letzten Rest in der Flasche an Katinka. Es war kaum mehr als ein winziger Schluck übrig.

»Kannst austrinken«, sagte sie gönnerhaft. »Ich muss dann auch mal los, nicht, dass ich die Jungs noch verpasse.«

»Dann mach es mal gut. Wenn du Ole irgendwo siehst, sag ihm bitte, dass ich schon zurück zu Malou bin. Ich schreibe ihm auch eine SMS, aber wer weiß, ob er das Handy eingeschaltet hat.«

»Du wirst ihn bestimmt finden, keine Sorge.« Judith ließ Katinkas Bitte absichtlich unbeantwortet und drehte ihr den Rücken zu. Ohne ein weiteres Wort des Abschieds ließ sie Katinka stehen. Ihre Laune war für heute endgültig dahin. Obwohl Ole irgendwohin abgehauen war, hatte Katinka nicht mal angeboten, mit zum Hotel der Band zu kommen. In Zukunft könnte sie ihr gestohlen bleiben.

Sie wandte sich nach links und hielt auf die Hauptstraße zu. Das Hotel war ganz in der Nähe, wie sie bereits am frühen Vormittag ausgekundschaftet hatte. So sparte sie sich das Geld für ein Taxi. Um die Band auf keinen Fall zu verpassen, legte sie einen Schritt zu. Bereits wenige Querstraßen weiter wurde ihr Mund trocken und ihre Beine fühlten sich schwer an, beinahe so, als wäre sie bereits eine Ewigkeit unterwegs.

Sie verringerte ihre Geschwindigkeit und schnappte mit weit geöffnetem Mund nach Luft. Die Feuchtigkeit an ihrem Rücken war abgekühlt, und obwohl sie merkte, wie ihr die Schweißperlen auf die Stirn traten, war ihr plötzlich unerträglich kalt. So kalt, dass ihr Kiefer unkontrolliert zitterte und ihre Zähne aufeinanderschlugen. Für einen Moment blieb sie stehen und stützte sich an einer Hausecke ab. Ihre Lippen kribbelten und die Umgebung vor ihren Augen verschwamm.

Ein Mann blieb stehen, beobachtete sie einen Moment und fragte sie dann etwas auf Dänisch. Judith schüttelte den Kopf und winkte ab. Ihr Hirn tat ihr nicht den Gefallen, ein Wort auf Englisch auszuspucken. Stattdessen spuckte ihr Mund ohne Vorwarnung ihren Mageninhalt aus. Es kam schlagartig und mit einem unheimlichen Druck, sodass sie nicht mal die Chance hatte, sich vornüber zu beugen.

»Verdammter Mist«, murmelte sie und beugte sich nach unten, um das Malheur zu betrachten. Ihre Hose hatte sie glücklicherweise verfehlt, doch es war eine nicht unbeträchtliche Menge des Erbrochenen auf ihren Schuhen gelandet. Sicher war das fettige Gebäckstück schuld, das Katinkas Freund ihr vorhin angedreht hatte. So viel Fett und Zucker direkt vor einem Rockkonzert in sich reinzustopfen, war überhaupt keine gute Idee gewesen. Jetzt, da das Zeug aus ihr draußen war, fühlte sie sich besser. Ihr war zwar noch ein wenig schwummrig, doch sie bekam immerhin wieder Luft und auch die Umgebung wies wieder die normalen Konturen auf.

Vielleicht wäre es besser, die Sache mit dem Hotel abzublasen. Was für ein Bild würde das abgeben, wenn sie die Band mit vollgekotzten Schuhen um ein Foto bat? Aber wenn sie die Jungs nicht traf, wäre ihr gesamter Trip umsonst gewesen. Nein, sie konnte jetzt keine Rücksicht auf ein paar fleckige Schuhe nehmen. Es würde sich schon keiner nach unten beugen, um an ihren Füßen zu riechen. Außerdem gab es auf dem Weg bestimmt eine Kneipe, in deren Toilette sie sich schnell etwas säubern konnte.

Leider hatte sie sich getäuscht, bereits nach wenigen Schritten merkte sie, wie sich der restliche Mageninhalt erneut auf den Weg nach oben machte.

Dieses Mal schaffte sie es gerade noch so, sich in eine dunkle Seitengasse zu stellen und den Strahl, der aus ihrem

Mund schoss, vor ihre Schuhe statt direkt darauf zu lenken.

Was war nur los mit ihr? Egal, wie sehr sie sich jemals auf einem Konzert beim Tanzen verausgabt hatte, so schlecht war es ihr danach noch nie gegangen. Sie richtete sich auf und versuchte, einige Schritte zu machen. Sofort begann die Umgebung wieder, sich zu drehen. Ihr Körper hatte ihr offensichtlich die Entscheidung abgenommen: Das mit dem Bandtreffen konnte sie vergessen. Sie wollte der Band schließlich nicht als diejenige in Erinnerung bleiben, die ihnen die Klamotten vollgekotzt hatte.

Langsam richtete sie sich auf, um sich zu orientieren. Wenn sie die Hauptstraße mit den Kneipen und Bars verließ und sich links hielt, müsste sie direkt in dem Wohnviertel mit ihrer Ferienwohnung landen. Sie brauchte nur noch einen kleinen Moment, um sich zu erholen. Sie fühlte sich schwach, so, als könnte sie nur mit großer Mühe mehr als ein paar Schritte vollbringen. Ihre Beine waren wie aus Gummi, und die Welt um sie herum schien sich zu drehen.

Du musst dich zusammenreißen, feuerte sie sich an, holte tief Luft und machte ein paar Schritte nach vorne.

Plötzlich wurde sie brutal an der Schulter zurückgerissen.

»Was zur H...«

Mehr brachte sie nicht heraus.

Der Kerl hinter ihr legte ihr seine Hand über das Gesicht und drückte so fest zu, dass sie keine Luft mehr bekam.

Ihr Herz begann zu rasen. Sie griff nach oben, erwischte einen seiner Finger und bog ihn um. Sein Griff lockerte sich nicht.

Der Fremde drückte sie immer weiter in die dunkle Gasse. Ihre Füße schleiften haltlos über den Boden und sie bekam kaum Luft, so fest hielt er sie mit seinem Arm umklammert.

Ein Pärchen kam ihnen entgegen. Judith stöhnte auf, unfähig zu sprechen. Die Frau blieb stehen, sprach den Mann an.

Er entgegnete irgendetwas, doch Judith konnte nicht mal verstehen, welche Sprache er sprach. In ihrem Kopf war nur noch ein dumpfes Rauschen, das von verzerrten Stimmen unterbrochen wurde. Sie war kurz davor, das Bewusstsein zu verlieren. Noch einmal sammelte sie ihre verbliebenen Kräfte, drückte ihre Knie durch und versuchte den Pfahl der Laterne zu erwischen, an der er sie gerade vorbeischleifte.

Keine Chance, ihr Körper wollte ihr nicht gehorchen.

Sie schaffte es nicht mal, die Arme zu heben. Der letzte Versuch des Aufbäumens war zu viel für ihren Kreislauf.

Ihr wurde schwarz vor Augen.

7. Kapitel

»Die Liebe ist so unproblematisch wie ein Fahrzeug. Problematisch sind nur Lenker, die Fahrgäste und die Straße.«

Franz Kafka

Katinka wartete noch etwa eine Stunde vor dem Amager Bio auf Ole. Immer wieder ging sie vor dem Club Beta auf und ab, lief um das rote Backsteingebäude herum, während sie dem Freizeichen von Oles Handy lauschte.

Wo verdammt noch mal steckte er? Wie konnte er sie hier einfach alleine stehen lassen?

Nicht, dass ihm etwas auf dem Weg passiert ist, dachte sie. Ole war nicht unbedingt zurückhaltend, und auch in Deutschland provozierte er gerne mal aus reinem Übermut. Was, wenn er diesmal an die Falschen geraten war?

Als der Tourbus der Band den Platz verließ, machte auch sie sich auf den Weg. Vielleicht wartete er schon längst bei Malou, weil er ihre Nachricht bekommen und daraus den Schluss gezogen hatte, dass sie bereits gegangen war. Aber warum nahm er dann ihre Anrufe nicht an oder meldete sich seinerseits, um sich danach zu erkundigen, wo sie blieb?

Als sie im Milanovej ankam, wurde auch diese Hoffnung

gedämpft. Die Fenster des Hauses waren alle dunkel, lediglich einige Lichterketten glitzerten in den Kronen der Bäume entlang der Einfahrt. Beklommen stieg sie die Kellertreppe auf der Rückseite des Hauses hinab und schloss die Tür auf, die Malou ihnen für die Nacht gezeigt hatte, damit sie einen eigenen Eingang hatten und nicht die Kinder aufweckten.

Im Haus war alles still, nur ein leises Schnarchen drang vom oberen Stockwerk herunter. Ole war nirgends zu entdecken. Noch einmal versuchte sie, ihn auf dem Handy zu erreichen. Wieder meldete sich nach einiger Wartezeit die Mailbox.

»Verdammt, Ole, wo steckst du bloß?«, murmelte sie. Auf Socken stieg sie die Treppe nach oben und schloss die Tür zum Erdgeschoss. Anschließend entledigte sie sich der vollgeschwitzten Klamotten und ging unter die Dusche. Nachdem sie ihre Haare getrocknet hatte, aß sie ein paar der verbliebenen Kekse und blätterte in einem Buch, um sich so die Zeit zu vertreiben und sich von ihrer Wut auf Ole abzulenken. Hin und wieder versuchte sie es auf Oles Handy, das mittlerweile aber ausgeschaltet war.

Als er gegen drei Uhr noch immer nicht zurück war, löschte sie das Licht und versuchte zu schlafen. Sie bekam allerdings kein Auge zu. Bei jedem Geräusch schreckte sie hoch, in der Hoffnung, es sei endlich Ole, der nach Hause kam. Doch er blieb weiter verschwunden. Was sollte sie tun, wenn er auch bis zum Morgen nicht auftauchte? Wo sollte sie anfangen, ihn zu suchen? Sie hatte ihn nach dem Konzert in dem Gedränge zum Ausgang verloren und draußen nicht wiedergefunden.

Was ihn ganz offensichtlich nicht weiter gestört hatte. Sonst wäre es das Mindeste gewesen, vor der Tür auf sie zu warten. Fassungslos starrte sie im Dunklen an die Decke. Es war mitten in der Nacht in einer fremden Stadt. Wie konnte er sich da nicht auf die Suche nach ihr machen? Wenn er keine gute Ausrede für sein Verschwinden hatte, sollte er sich lieber auf etwas gefasst machen. Ein gelungener Start in den Urlaub sah anders aus.

Mit diesem Gedanken und der Hoffnung, dass ihm nichts zugestoßen war, drehte sie sich auf die Seite und schloss die Augen. Mittlerweile war es still draußen und Katinka fiel in einen leichten Dämmerschlaf.

Einige Stunden später – draußen wurde es bereits hell – vernahm sie polternde Schritte auf der Holztreppe. Anscheinend war er betrunken. Und natürlich ging er zur Haustür und nicht zur Kellertür. Er hörte niemals zu, wenn es um etwas Wichtiges ging. Sie setzte sich auf und lauschte, wie er einige Zeit durchs Haus irrte, vermutlich auf der Suche nach der Kellertreppe. Als er nach fünf Minuten noch immer nicht den Weg nach unten gefunden hatte, stand sie seufzend auf, um ihn zu holen. Nicht, dass er ins eheliche Schlafzimmer reinplatzte.

Oben angekommen konnte sie ihn zunächst nirgends entdecken. Ein leises Klirren aus der Richtung der Küche verriet ihn. Sie fand ihn am geöffneten Kühlschrank.

»Spinnst du? Du kannst doch nicht mitten in der Nacht einfach die Vorräte plündern«, fuhr sie ihn an.

»Komm mal runter, Katinka, ich werde schon nicht alles leer machen«, antwortete er mit vollem Mund. »Außerdem ist es früher Morgen und nicht nachts.«

»Normalerweise nimmt man sich nichts, bevor man nicht selbst wenigstens eine Kleinigkeit mitgebracht hat oder der Gastgeber angeboten hat, dass man sich nehmen kann, was man möchte. Du solltest es wissen, da du die Regeln vorher noch ausgedruckt hast.« Ole antwortete nicht, sondern kaute genüsslich weiter. »Was, wenn du den Kindern gerade ihr Lieblingsfrühstück wegisst? Und wo warst du überhaupt?«

»Kann ich mir nicht mal in Ruhe eine Kleinigkeit zum Essen nehmen? Ist ja nicht so, als würde ich den letzten Becher Schokopudding klauen.« Sichtlich genervt warf er die Kühlschranktür zu und starrte sie im Halbdunkel der Küche an. Er schwankte nicht und wirkte auch sonst nicht sonderlich betrunken. Als Katinka nichts weiter sagte, ging er ohne ein Wort zur Kellertür und stapfte die Treppen herunter. Sprachlos vor Wut folgte sie ihm.

Am liebsten hätte sie ihn geohrfeigt. Es war nicht unbedingt die Tatsache, dass er sie ohne ein Wort vor der Konzerthalle hatte sitzen lassen, die sie zur Weißglut brachte. Auch nicht, dass er die halbe Nacht verschwunden war, ohne auf ihre Anrufe zu reagieren. Dieses Verhalten kannte sie von zu Hause, auch wenn es hier in der fremden Stadt natürlich einen anderen Beigeschmack hatte. Hierfür erwartete sie eine Erklärung. Wohin war er einfach verschwunden, und warum hatte er ihr nicht wenigstens per SMS Bescheid gesagt? Das Mindeste wäre, dass er sich für sein Verhalten entschuldigte.

Unten im Gästezimmer lag er quer über dem Bett und war damit beschäftigt, sich umständlich die Hose auszuziehen. Er ächzte dabei, als würde er Schwerstarbeit verrichten. Als er sie bemerkte, spitzte er die Lippen zu einem vulgären Kussmund und streckte die Hand nach ihr aus.

»Mach nicht einen auf Pascha und verrate mir doch bitte mal, wohin du auf einmal verschwunden bist. Warum bist du nicht ans Telefon gegangen?«

Endlich schaffte er es, seine Beine aus der Jeans zu befreien. Er lehnte sich zurück auf den Berg aus Kissen. »Bin ich doch«, sagte er und hob seine Hose wie einen Pokal über den Kopf. »Ich habe dir eine SMS geschrieben.«

»So? Komisch, ich hab nichts bekommen. Vielleicht hast du es etwas übertrieben mit dem Alkohol und dir nur eingebildet, du hättest dich gemeldet.«

»Bullshit. Ich hab zwei Bier mit dem Mann von Malou getrunken. Irgendwas mit K oder so. Christian?«

»Hendrik«, verbesserte sie ihn. »Nicht jeder, dessen Namen

du dir nicht merken kannst, heißt Christian. Zwei Bier also. Und dafür wart ihr bis vier Uhr morgens unterwegs?«

»Meine Fresse«, sagte er und fummelte an seiner Hosentasche rum. »Wenn du mir nicht glaubst, dann schau doch selbst.« Er zog das Handy heraus, entsperrte den Bildschirm und drehte das Gerät so, dass sie etwas erkennen konnte.

Bin mit Malous Mann im Pub. Warte nicht auf mich stand dort im Textfeld. Der Cursor blinkte hinter dem Text.

»Du bist ein Knallkopf. Schon mal überlegt, auch auf Senden zu klicken? Das erklärt aber immer noch nicht, warum ihr so lange an zwei Bier getrunken habt.«

Anstelle einer Antwort stöhnte er theatralisch und machte sich erneut an seiner Hose zu schaffen. Dieses Mal nahm er seinen Geldbeutel heraus und förderte ein durchsichtiges Päckchen mit einem bräunlichen Inhalt zutage.

Katinka schüttelte ungläubig den Kopf. »Das ist nicht dein Ernst! Du ziehst einen Familienvater in deine Drogengeschichten mit rein? Hast du sie noch alle? Was, wenn euch die Polizei erwischt hätte?«

»Hältst du mich für komplett übergeschnappt? Woher soll ich denn wissen, wo man in Kopenhagen an Gras kommt? Das war seine Idee. Er sagte nur, wir gehen jetzt zu den Hippies, und ich dachte, er meint eine Kneipe damit. Dann hat er mich aber in so ein Viertel geschleppt. Das heißt … Irgendwas mit Christ … Christiania oder so.«

Katinka verdrehte die Augen. Dass er die Christian-Methode nun auch auf Stadtviertel anwendete, war neu.

»Fein, ihr wart also im Hippieviertel und habt dort direkt mal eine Straftat begangen. Wir sind hier im Ausland, Ole, musst du unbedingt riskieren, in Dänemark von der Polizei aufgegriffen zu werden? Hast du eine Ahnung, welche Strafe auf den Besitz von Drogen hier steht? Ich jedenfalls nicht. Außerdem wird die Reise uns schon genug Geld kosten. Du musst es nicht auch noch zum Fenster rauswerfen.«

»Wenn du keine Lust hast, dir die Antwort vollständig anzuhören, dann frag mich doch einfach nicht«, maulte Ole. Er stand auf, um das Fenster zu öffnen. Danach setzte er sich an den Tisch und bereitete das Marihuana für einen Joint vor, so als würden sie gerade nicht darüber diskutieren. »Hendrik hat es mir erklärt. Das ist irgendwie so ein eigenständiger Stadtteil und Kiffen ist da erlaubt. Also nicht so richtig, aber es ist akzeptiert und man kann da ganz offen Drogen kaufen. Die Polizei lässt das Gebiet am Wochenende komplett in Ruhe«, sagte er, während er gemächlich die vertrocknete Knolle zwischen den Fingern zerbröselte.

»Und da hast du dir gedacht, du deckst dich mal gleich für den gesamten Urlaub ein? Weil es unmöglich ist, mit mir eine Woche zu verbringen, ohne dass du etwas rauchst? Und was soll dein Bruder denken, wenn wir erst bei ihm sind?«

»Jetzt komm. Du weißt, dass ich meine Aggressionen besser in den Griff bekomme, wenn ich ein bisschen was zum Kiffen habe. Außerdem hast du echt was verpasst, es hätte dir dort gefallen. Das ist ein krasser Stadtteil. Total interessante Gebäude, fast schon Architekturkunst. Ein bisschen wie ein Viertel voller Lost Places, nur dass sie nicht lost sind. Bewohnt von einem Haufen Individualisten. Wir sollten uns dort einmieten.«

Katinka kniff sich in die dünne Haut auf ihrem Handrücken, um ihre Wut irgendwie rauszulassen. Sie war kurz davor, Ole anzubrüllen, doch sie wollte nicht riskieren, dass Malou oder die Kinder etwas davon mitbekamen. Unendliche Male hatte sie sich schon mit ihm darüber gestritten, dass sein Drogenkonsum dem aggressiven Verhalten sicher keine Abhilfe schaffen würde. Vielmehr wurde die Kifferei erst recht zum Problem, nämlich immer dann, wenn er sich etwas zum Rauchen besorgen wollte, aber nichts bekam. Die schlechte Laune in diesen Fällen ließ er wiederum an ihr aus. »Stell dir vor, ich wäre vielleicht sehr gerne mitgekommen. Nicht nur, weil ich mir Christiania, oder wie auch immer dieses Viertel heißt, gerne angeschaut hätte, sondern weil ich dich davon hätte abhalten können, sogar in unserem Urlaub Drogen zu nehmen. Wäre es wirklich so schlimm gewesen, darauf zu verzichten?«

Ole zuckte gleichgültig mit den Schultern, stieg auf das Bett, um den Kopf aus dem Kellerfenster zu strecken, und zündete sich den Joint an. Katinka wäre am liebsten hingegangen, um ihn an seinem T-Shirt zurückzureißen. Stattdessen schaute sie ihm dabei zu, wie er genüsslich den Rauch in die Nachtluft blies. Sie fragte sich, was Malou wohl dazu sagte, dass sich ihr Mann mitten in der Nacht im Drogenviertel herumtrieb.

»Es ist nun mal, wie es ist. Hendrik hat mich eingeladen und ich konnte nicht Nein sagen. So wie du Judith nicht vom Konzert wegschicken konntest.«

Katinka schüttelte den Kopf. War das eine Art Racheaktion für Judiths Anwesenheit gewesen oder hatte er wirklich so wenig Feingefühl, dass er nicht verstand, was er falsch gemacht hatte? Sie konnte sich bildlich vorstellen, wie die nächsten Tage ablaufen würden.

Müssen wir wirklich diese Meerjungfrau besichtigen? Ich würde viel lieber was essen und mich ein bisschen entspannen. Wir sind im Urlaub, warum müssen wir uns da so stressen? Ein bisschen Chillen würde uns nicht schaden.

Das Vibrieren in ihrer Hosentasche riss Katinka aus den Gedanken. Ihr Handy erinnerte sie daran, dass sie eine Nachricht auf ihrer Mailbox hatte. Die Kontakthistorie verriet ihr, dass sie vor etwa zwei Stunden einen Anruf von Judith verpasst hatte. Vermutlich hatte sie doch tiefer geschlafen als zunächst angenommen.

Ole hatte seinen Joint ausgehen lassen und sich quer auf die Matratze gelegt.

»Ich werde jetzt mal eine Mütze Schlaf nehmen, war eine

lange Nacht«, sagte er grinsend und tätschelte die freie Stelle auf der Matratze neben ihm. »Kommst du zu mir?«

»Gleich«, sagte Katinka, nahm ihr Handy und ging aus dem Zimmer. Auf der Toilette wählte sie die Nummer ihrer Mailbox.

»Wehe, es ist nichts Wichtiges«, murmelte sie, während sie der Ansage lauschte. Statt Judiths Stimme ertönte allerdings nichts als ein dumpfes Rauschen. Hin und wieder war ein leises Brummeln zu hören, als würde Judith ein Lied mitsummen. Schließlich klang es kurzzeitig danach, als würde jemand mit dem Telefon auf einen weichen Untergrund einschlagen, bevor die Verbindung unterbrochen wurde, ohne dass Judith etwas gesagt hatte.

Wahrscheinlich hat sich das Handy in ihrer Hosentasche selbstständig gemacht, dachte Katinka und hörte die Nachricht ein weiteres Mal. Danach noch mal, und schließlich bekam sie ein ganz ungutes Gefühl. Eigentlich klang das Geräusch nicht nach einem mitgesummten Lied.

Es klang vielmehr so, als bräuchte Judith Hilfe.

8. Kapitel

»Nichtstun ist eine der größten und verhältnis mäßig leicht zu beseitigenden Dummheiten.«

Franz Kafka

Die Kälte sorgte dafür, dass Judith langsam wieder zu sich kam. Ihr Kopf dröhnte so stark, als hätte sie den furchtbarsten Kater ihres Lebens, und ihr Rücken schmerzte dank der verdrehten Position, in der sie hier kauerte. Die Beine waren eingeschlafen, und irgendein Nerv schickte ständig ein Stechen durch das Hüftgelenk ins Bein.

Sie versuchte, ihre Knie durchzudrücken, um sich ein wenig Erleichterung zu verschaffen. Erst als das Seil an ihren Handgelenken riss, die an der Rückseite ihrer Oberschenkel fest mit ihren Knöcheln verzurrt waren, dämmerte es ihr langsam, wo sie sich befand.

Noch immer lag sie verschnürt und mit dem Rücken in Fahrtrichtung im Fond des Wagens, in den sie der Fremde gezerrt hatte. Nachdem er eine Zeit lang mit ihr durch die Gegend gefahren war, hatte er das Auto abgestellt und war, ohne ein Wort zu sagen, verschwunden. Sie hatte versucht, ihm hinterherzurufen, doch ihr Mund war durch das Klebeband verschlossen und sie brachte nicht mehr als ein ersticktes Murmeln zustande.

Wo hatte er sie wohl hingebracht? Sie versuchte, sich umzublicken, wobei ihr die Fesseln allerdings nicht viel Spielraum ließen. So sehr sie sich auch von den Sitzen hochdrückte und ihren Hals verrenkte, aus ihrer Position heraus hatte sie keine Chance, aus dem Fenster zu schauen, um einen Anhaltspunkt dafür zu finden, wo sie sich befand. Alles, was sie erkannte, waren die Spitzen einiger Tannen und anderer Bäume. Je mehr sie sich aufrichtete, desto schmerzhafter krampften ihre Muskeln. Bereits nach wenigen Versuchen gab sie auf. Sie war schweißgebadet.

Warum griff sie jemand mitten in Kopenhagen an und verschleppte sie in seine schmuddelige Karre, nur um sie irgendwo im Nirgendwo zwischenzuparken? Das Auto, in dem sie lag, so viel konnte sie trotz der Dunkelheit und ihrer ungünstigen Position gerade so erkennen, befand sich irgendwo draußen an einem Waldrand. Was, wenn der Kerl gar nicht mehr auftauchte? Wenn er sie hier abgestellt hatte, um sie verhungern zu lassen? Vielleicht beobachtete er sie über eine Kamera und ergötzte sich an ihrem Leid.

Quatsch! Warum sollte er mich denn dafür in einem Auto lassen? Er riskiert doch damit nur, dass mich jemand findet.

Bloß für den Fall, dass er sie doch sehen konnte, drehte sie mühsam ihr Handgelenk innerhalb der Fesseln, ballte eine Faust und hob ihren Mittelfinger. Dabei berührten ihre Finger etwas Festes, das in der Gesäßtasche ihrer Jeans steckte. Ihr Herzschlag beschleunigte sich vor Aufregung.

Ihr Handy. Er hatte ihr Handy übersehen. Das war möglicherweise ihre Rettung.

Sie musste es nur irgendwie aus der Hosentasche bekommen und es schaffen, eine Kurzwahltaste zu treffen. Instinktiv bewegte sie ihren Arm in Richtung Hosentasche, um danach zu greifen, wurde jedoch sofort von dem Seil zurückgerissen.

Sie testete einige Male, in welcher Position sie die meiste Bewegungsfreiheit hatte. Dann drückte sie ihre Schulter nach hinten durch und ließ ihre Hände an ihrem Hintern hochwandern. Mit den Fingerspitzen versuchte sie, das Gerät nach oben zu schieben, damit es aus der Hosentasche fiel. Auch mit dieser Methode hatte sie wenig Erfolg. Nach wenigen Zentimetern hatte sie es schon aus ihrer Reichweite geschoben. So sehr sie sich auch verrenkte, sie kam nicht mehr dran. Stattdessen schnürten sich die Fesseln immer tiefer in ihre Haut.

Tränen der Verzweiflung und Wut stiegen ihr in die Augen. Sie schluckte heftig.

Nicht heulen, wenn deine Nase verstopft, dann erstickst du hier mit zugeklebtem Mund, dachte sie.

Wütend schlug sie ihren Kopf auf den Haltegriff der Tür. Der Schmerz ließ sie wieder klar denken.

In ihrer jetzigen Position hatte sie keine Chance, an das Telefon zu kommen. Unmöglich, dass sie es mit den Fesseln schaffte, ihre Hände so weit in Richtung Rücken zu heben. Aber wenn sie sich auf den Bauch rollte, dann könnte sie ihre Füße weiter in Richtung Hintern ziehen und so vielleicht an ihre Hosentasche gelangen. Also presste sie ihre Füße in die Polster, verlagerte ihr Gewicht auf ihre Schulter und wuchtete ihre Hüfte herum. Sie brauchte mehrere Anläufe, bis sie sich endgültig gedreht hatte, doch ihr Plan schien aufzugehen.

Sie drückte ihren Rücken durch, spannte ihre Oberschenkelmuskeln an und ignorierte den Krampf, der ihre Schulter durchzuckte. In einer ruckartigen Bewegung hob sie ihre Hände in Richtung Hintern und erwischte das Telefon. Das Gerät endlich zwischen den Fingern, entspannte sie ihre Muskeln und ließ ihre Füße wieder nach unten sinken. Schnaufend wartete sie darauf, dass der Schmerz in ihren Schulterblättern nachließ. Schweiß stand ihr auf der Stirn und rann in kleinen Tröpfchen in die Augenbrauen. Sie fühlte sich, als habe sie einen Marathon hinter sich gebracht. Aus der seitlichen Position konnte sie nun sehr deutlich durch die Frontscheibe den Wald erkennen, dessen dunkle Bäume sich vor dem Himmel abzeichneten.

Nachdem der Krampf ihre Muskeln wieder freigegeben hatte, befühlte sie das Handy, drehte es in die richtige Position und zeichnete mit ihrem Zeigefinger die Form eines Ws auf das Touchpad. Dann hob sie es, so weit sie konnte, nach oben und schaute über die Schulter. Die Tastensperre war noch aktiv. Erst nach dem vierten Versuch hatte sie es geschafft und konnte auf ihre Kontakte zugreifen.

Das Hochgefühl des Erfolgs hielt allerdings nicht lange an. Wen sollte sie überhaupt anrufen? Mal davon abgesehen, dass sie nicht mal die Notrufnummern von Dänemark kannte, hatte ihr Plan einen weiteren Haken. Sie konnte nicht sprechen. Wie um es sich selbst zu beweisen, bewegte sie ihren Unterkiefer in Richtung Brust, befühlte mit der Zunge ihre Lippen von innen und stieß an das Klebeband. Keine Chance.

Dennoch schielte sie über die Schulter und schaffte es tatsächlich, eine Nummer zu wählen. Sie hielt die Luft an, damit sie nicht verpasste, wenn jemand den Hörer abnahm. Nach kurzer Zeit wurde das Tuten durch eine weibliche Stimme unterbrochen. Judith schrie so gut es ging hinter dem Klebeband, versuchte, die Worte *Hilfe* und *Entführt* zu artikulieren. Dann wartete sie gespannt auf eine Antwort.

Am anderen Ende der Leitung blieb es still.

Enttäuscht ballte sie eine Faust um ihr Handy. Am liebsten hätte sie das nutzlose Ding von sich geschleudert, doch nicht mal dazu war sie in der Lage. Der Gedanke daran schmerzte, doch sie musste es einsehen: Es gab nichts, was sie tun konnte, um sich zu befreien. Sie war vollkommen ausgeliefert.

Bei dieser Erkenntnis ergriff die Panik von ihr Besitz. Wie im Wahn warf sie sich hin und her, brüllte in ihren Knebel und schnippte schließlich mit dem Daumen das Handy in den Fußraum. Dann kamen die Tränen. Sie war nicht mehr in der Lage, sie zurückzuhalten. Es war ihr egal, ob sie daran erstickte. Lieber würde sie jetzt sterben, als diese Situation, die Ungewissheit und die Hilflosigkeit noch länger zu ertragen.

In diesem Moment wurde die Autotür aufgerissen und ihr Kopf, den sie auf dem Haltegriff abgestützt hatte, sackte nach unten.

9. Kapitel

»Richtiges Auffassen einer Sache und Mißverstehen der gleichen Sache schließen einander nicht vollständig aus.«

Franz Kafka

»Dann mal los«, sagte Ole und puffte Katinka in die Seite. Anscheinend hatte er eine kitzelige Stelle erwischt, denn zum ersten Mal an diesem Morgen verzogen sich ihre Mundwinkel ein winziges bisschen nach oben. Eine Antwort blieb sie ihm jedoch schuldig. Seit Malou ihnen eröffnet hatte, dass sie nicht wie von Katinka erhofft zwei Tage länger bleiben konnten, war sie äußerst schweigsam.

»Können wir uns nicht vertragen, anstatt den Rest des Tages wütend aufeinander zu sein? Das macht doch so keinen Spaß.«

»Bisher hat es dich auch nicht interessiert, ob ich Spaß habe«, fuhr sie ihn an und setzte ihren Weg fort. »Ich *hätte* Spaß daran gehabt, noch zwei oder drei Tage in Kopenhagen zu bleiben, ein bisschen die Stadt anzuschauen, gut zu essen, unter Menschen zu sein. Ich *wollte* gerne noch ein bisschen dort in dem Gästezimmer bleiben, da das Wetter eh unter aller Sau ist. Aber du, du musst ja den Mann unserer Gastgeberin in ein Drogenviertel schleifen, mit ihm dort die ganze Nacht rumhängen, um morgens dann einen Joint in ihrem Haus zu rauchen und so dafür zu sorgen, dass sie uns buchstäblich rauswirft. Was absolut nachvollziehbar ist, die Frau hat drei Kinder. Wie bescheuert muss man sein, sich so zu verhalten?«

Er zuckte mit den Schultern. »Das Angebot, mit dem Zug zu meinem Bruder zu fahren, steht noch. Wir müssen nicht unbedingt hinwandern.«

»Darum geht es doch gar nicht. Ich bin einfach enttäuscht, verstehst du das nicht?«

Ole sparte sich eine Antwort. Er könnte ihr jetzt zum wiederholten Mal erklären, dass er nicht die treibende Kraft bei dem nächtlichen Ausflug gewesen war. Er hatte ja nicht mal gewusst, was Hendrik mit ihm vorhatte. Nicht, dass er sich gewehrt hätte, als er erfuhr, wohin der Ausflug ging, aber er hatte Hendrik weder auf das Gras angesprochen noch ihn darin bestärkt, welches zu kaufen. Er war nicht das Kindermädchen von wildfremden Männern und hatte deswegen auch nicht weiter nachgefragt, als Hendrik für eine halbe Stunde alleine in Christiania verschwunden war. Klar, dass er vergessen hatte, die Nachricht abzuschicken, war dumm gelaufen. Dafür hatte er sich jedoch längst entschuldigt.

So langsam bekam er allerdings das Gefühl, dass sie sich aus einem anderen Grund so anstellte. Sie hatte keine Lust auf seinen Bruder. Schon vor zwei Wochen, als er ihr eröffnet hatte, dass sie auf der Reise bei Nicholas vorbeischauen würden, war sie nicht gerade begeistert gewesen. Dabei gehörte er zu Oles Leben, wie auch Katinka dazugehörte. Sein Bedürfnis, dass beide sich nach sieben Jahren endlich kennenlernten, war nur normal.

An der Station angekommen, stürmte Katinka voraus zum Bahnsteig, nur um ratlos vor dem Fahrkartenautomaten zu stehen.

»Wo müssen wir hin?«, fragte sie und drückte wahllos auf

den Tasten herum.

»Ich schlage vor, dass wir bis zum Hauptbahnhof fahren und entweder zu Fuß aus der Stadt rauswandern oder uns dort einen Zug suchen. Bis Ladeplads sind es über sechzig Kilometer, das schaffen wir wandernd heute so oder so nicht. Dann können wir ja auch etwas Zeit vertrödeln, uns Kopenhagen wenigstens kurz anschauen und in der Nacht unser Zelt irgendwo am Strand aufbauen. Der Wanderweg führt an einer Bucht entlang.«

Der Kompromissvorschlag wirkte, Katinkas Miene hellte sich ein wenig auf. Sie wusste genau, was es für ihn bedeutete, sich mit ihr durch Kopenhagen zu quälen. Ein Städtetrip war wirklich nicht das, was Ole sich ausgemalt hatte. Wandern, die Ruhe genießen, Dänemarks Steilküsten anschauen, das war für ihn Erholung. Sich mit etlichen Touris durch eine vollgestopfte Großstadt zu drängen, hatte seiner Meinung nach wenig mit Urlaub zu tun. Allerdings war sie offensichtlich noch nicht bereit, ihm zu verzeihen. Ohne ein Wort wandte sie sich ab und kaufte die Tickets. Nur wenige Minuten später kam die Straßenbahn, die sie zum Hauptbahnhof brachte.

»Für eine Hauptstadt ist Kopenhagen kein so schlechter Fleck«, versuchte Ole erneut, das Eis zu brechen. Mittlerweile hatten sie sich eine Wanderroute ausgesucht und zu Fuß die Industriebauten rund um den Hauptbahnhof in Richtung Süden hinter sich gelassen. Er blieb stehen, um ein Foto von ein paar Jugendlichen zu schießen. Laut brüllend lieferten die sich ein Match auf einem Basketballfeld, das sich auf dem verhältnismäßig breiten Grünstreifen zwischen den Fahrbahnen befand.

»Kommst du?«, rief Katinka, die in der Zwischenzeit weitergegangen war. Als er sie erreicht hatte, sagte sie: »Wenn wir erst an der Steilküste sind, wirst du noch genug Fotomotive finden.«

»Was spricht dagegen, auch ein paar Stadtmotive zu haben?«

»Eigentlich nichts. Aber ich denke, wir sollten einen Zahn zulegen. So schön ist es hier auch nicht, dass ich gemütlich durchschlendern will. Je schneller wir in der Bucht sind, desto eher können wir im Hellen einen Schlafplatz aussuchen.«

»Damit wir uns bei dem romantischen Sonnenuntergang am Strand unserer heißen Liebe hingeben können?«, fragte er und gab ihr einen Klaps auf den Hintern.

Katinka zuckte mit den Schultern und grinste. »Mal sehen, wie viele Familien sich da mit uns tummeln.«

»Wusste ich's doch. Es ist so leicht, dich zu begeistern.«

»Freu dich nicht zu früh«, gab sie zurück und küsste ihn. Händchen haltend schlenderten sie die Straße entlang. Langsam wurden die Häuser um sie herum kleiner, die Umgebung wirkte vorstädtischer. Bald würden sie Kopenhagen verlassen und den Wanderweg erreichen.

»Judith hat mich übrigens irgendwann heute Nacht angerufen, als du in Kopenhagens Amsterdam unterwegs warst«, sagte Katinka, als sie neben der Landstraße auf einem Feldweg eine Pause einlegten.

Was interessiert die mich?, dachte er und wischte sich einen Schweißfilm von der Stirn. Die Sonne hatte es mittlerweile geschafft, sich durch die Wolkendecke zu arbeiten, und brannte nun mit voller Septemberkraft auf sie herab. Er war froh, den Rucksack für einen Moment los zu sein, die Hitze ließ das Gepäck schwerer erscheinen, als es wirklich war. Außerdem zog sich der Weg wie Kaugummi. »Um sich zu beschweren, wie scheiße das Treffen mit der Band doch war, und zu jammern, wie enttäuscht sie von Jim und den Jungs ist?«, fragte er, da er merkte, dass Katinka eine Antwort erwartete.

Sie grinste und schubste ihn, sodass er beinahe von der

Bank fiel. »Wir haben nicht miteinander gesprochen.«

»Wie meinst du das? Ich denke, sie hat angerufen?«

»Sie hat versucht anzurufen, es ging aber nur meine Mailbox ran und sie hat eine Nachricht hinterlassen. Es war irgendwie komisch. Erst dachte ich, dass sich ihr Handy in der Hosentasche selbstständig gemacht hat. Dann aber waren da so komische Geräusche. Als wollte sie mir etwas sagen, aber wäre nicht in der Lage zu sprechen.«

»Ist ja interessant.«

»Ich habe sie heute zurückgerufen. Ein paar Mal. Aber anscheinend hat sie ihr Telefon ausgeschaltet.«

»Äußerst mysteriös.« Ole hatte keine Lust, sich weiter über Judith zu unterhalten. Er war froh, dass er nicht viel Zeit mit ihr hatte verbringen müssen, und nichts interessierte ihn weniger als Judiths Unfähigkeit in Bezug auf Tastensperren. »Wollen wir schauen, ob wir ein Café finden? Sonst muss ich gleich in irgendein Haus einbrechen und den Kühlschrank ausrauben.«

»Sei nicht so. Irgendwie ist das schon komisch. Nicht, dass ihr etwas passiert ist. Willst du dir den Anruf nicht wenigstens mal anhören?«

Ole seufzte. Er ahnte, worauf das Gespräch hinauslief. Vermutlich hatte Katinka sich den gesamten Weg ausgemalt, was Judith alles zugestoßen sein mochte. Sollte es jemals Wettbewerbe in Schwarzmalerei geben, würde seine Freundin ohne Probleme sämtliche Preise abräumen. »Wahrscheinlich stimmt deine erste Vermutung und sie hat es in der Arschtasche gehabt«, sagte er.

»Aber warum geht sie dann jetzt nicht dran? Vielleicht wurde sie überfallen und hat noch einen Notruf abgesetzt …«

»Warum sollte dieser Notruf denn ausgerechnet an dich gehen?«

»Weil ich mich nun mal in der gleichen Stadt aufhalte. Ist doch klar, dass man eher bei jemandem in der Nähe Hilfe sucht.«

»Oder, und das wäre logischer, bei der Polizei. Aber Judith und ihrem Handy geht es gut, glaub mir. Und selbst wenn … Ganz ehrlich, das würde ich ihr gönnen. Die ist so auf ihren eigenen Vorteil bedacht. Außerdem lästert sie ständig über alles und jeden. Bei solchen Leuten tut es mir nicht leid, wenn das Karma mal zuschlägt.«

»Ole«, rief Katinka und schaute ihn vorwurfsvoll an. »Stell dir mal vor, ihr wäre wirklich etwas Schlimmes zugestoßen. So was kann man doch nicht sagen! Meinst du, ich sollte die Polizei anrufen?«

»Beruhig dich doch mal. Was willst du denen denn erzählen? Dass du einen komischen Anruf hattest und jetzt vom Worst-Case-Szenario ausgehst? Sie hat das Handy bestimmt nur ausgeschaltet, weil sie sich die Auslandsgebühren sparen wollte.« Er warf einen Blick auf seine Armbanduhr. »Mal davon ausgegangen, sie ist heute Morgen schon losgefahren, dann sollte sie bald zurück in Deutschland sein. Ich wette, wenn du es noch mal bei ihr versuchst, erreichst du sie und kannst dir von ihr anhören, dass alles in Ordnung ist.«

Katinka bückte sich nach unten und zog ihr Handy aus der Seitentasche ihres Rucksacks. »Daran hab ich noch gar nicht gedacht. Es ist bestimmt so, wie du sagst.«

»Können wir nicht erst …«

Katinka unterbrach ihn, indem sie den Zeigefinger hob und vor seinem Gesicht herumfuchtelte. Sie wählte Judiths Nummer und hielt sich das Telefon ans Ohr. Ihre Miene verfinsterte sich, während sie der Ansage aus dem Hörer lauschte.

»Immer noch ausgeschaltet«, sagte sie in seine Richtung und dann ins Telefon: »Judith, wenn du das abhörst, melde dich doch mal dringend bei mir. Auf meiner Mailbox landete eine unverständliche Nachricht und ich wollte mal wissen, ob alles in Ordnung ist. Ich hoffe, es geht dir gut, langsam mache ich mir Sorgen.«

»Hör auf, dir irgendwelchem Kram einzureden«, sagte Ole und wartete, bis sie ihren Rucksack wieder geschultert hatte. »Lass uns eine Kleinigkeit essen und du wirst sehen, dass die Welt danach ganz anders aussieht. Vor allem, weil sie sich bis dahin vielleicht sogar schon gemeldet hat.«

Sie nickte, wirkte aber alles andere als überzeugt. »Du hast wahrscheinlich recht. Es sieht ihr nur gar nicht ähnlich, dass sie mir nicht zumindest kurz geschrieben hat.«

»Wir treffen jetzt eine Abmachung«, sagte Ole. Irgendwie musste er Judith aus Katinkas Kopf bekommen, er hatte keine Lust darauf, sich den Rest des Weges mit ihr zu beschäftigen. »Du vergisst das alles jetzt für heute, und wenn Judith sich bis morgen nicht gemeldet hat, dann rufen wir wegen mir die Polizei.«

10. Kapitel
1996

»Geschlafen, aufgewacht, geschlafen, aufgewacht, elendes Leben.«

Franz Kafka

Das Geräusch des Schlüssels, der sich knarzend im Türschloss drehte, ließ ihn aufschrecken. Bastian brauchte einen Moment, um zu realisieren, wo er sich befand. Noch immer lag er zusammengekauert auf seiner Bettdecke, vor Kälte zitternd, sein Kopf dröhnte. Ein saurer Geruch stieg ihm in die Nase und verursachte ihm neue Übelkeit. Lediglich sein Pflegevater, der von außen gegen die Tür polterte, hielt ihn davon ab, sich erneut zu übergeben. Mit steifen Gliedern rollte er sich zur Seite, stand auf und landete mit dem Fuß in der Pfütze seines Mageninhaltes. In diesem Moment ging die Tür auf.

»Wie sieht es denn hier aus? Schaffst du es nicht mal für eine Nacht, dich zusammenzureißen? Es stinkt wie im Affenpuff.«

Bastian hatte keine Ahnung, was ein Affenpuff sein sollte, doch es interessierte ihn auch nicht. Ohne einen Mucks von sich zu geben, saß er reglos auf der Bettkante und hoffte, dass der Pflegevater einfach verschwand. Sich am besten in Luft auflöste. Wenn er es nur ganz fest herbeiwünschte, vielleicht würde Helmut plötzlich sterben. Er bekäme dann eine neue Pflegefamilie, eine, die ihn liebte. Dann müsste er nicht mehr an diesem Ort sein. Die Launen seiner Pflegeeltern nicht mehr ertragen. Keine Schmerzen mehr haben.

»Sieh zu, dass du aufstehst und die Sauerei hier wegmachst. Ich hole deine Geschwister, heute ist Badetag.«

Wimmernd sank er in sich zusammen. Nicht schon wieder. Der letzte war gerade mal vier Tage her. Bei Weitem nicht genug Zeit, um die aufgerissene Haut verheilen zu lassen.

»Was kann ich nehmen, um den Boden sauber zu machen?«, fragte er leise. Wenn er den Pflegevater eine Weile ablenkte, vielleicht würde dieser dann den Badetag vergessen.

»Ist das mein Problem? Du hast dein Zimmer vollgekotzt, du hast dich darum zu kümmern. So weit kommt es noch, dass ich in deiner Kotze rumwische.«

»Aber ich habe keinen Lappen«, sagte er. Er riskierte viel. Je mehr Fragen er stellte, desto dünner wurden die Nerven seines Pflegevaters. Bereits jetzt ballte sich seine Faust und seine Mundwinkel zuckten. Bastian wusste, dass es nur noch wenige Worte benötigte, bis diese Faust in seinem Magen landete.

»Sag bloß. Der arme Junge hat keinen Lappen. Kannst einem richtig leidtun. Nimm deine Bettwäsche. Und wehe, es ist danach nicht sauber hier. Ich hab keinen Bock, dass deine Kotze bis in den Flur stinkt. Mir ist jetzt schon schlecht.«

Bastian nickte demütig und machte sich sofort daran, den Bezug des Kissens abzuziehen. Sein Plan ging anscheinend auf, der Pflegevater stand noch immer bei ihm im Zimmer und schaute ihm dabei zu, wie er mit dem Stoff über die Mischung aus Tabakresten und Magensäure wischte. Einige Tabakkrümel an den Rändern der Pfütze waren bereits so eingetrocknet, dass er sie mit den Fingernägeln abkratzen musste.

Irgendwann hatte er es geschafft und der Boden war von jeglichen Überresten seiner nächtlichen Tortur bereinigt. Er senkte den Blick und hielt seinem Pflegevater den fleckigen Kissenbezug hin.

Dieser verzog das Gesicht und nahm das Stück Stoff mit spitzen Fingern entgegen. Dann ging er auf die Knie, um Bastians Arbeit zu kontrollieren. Hier und da kratzte er mit den Fingern über winzige braune Stellen, die jedoch nicht von Bastian stammten, sondern die in dem Plastik des Bodenbelags eingefasst waren. Bastian wusste es, denn er hatte schon oft dort unten gelegen.

»Das stinkt immer noch«, sagte der Pflegevater und stand auf. »Kommen wir zu deiner Strafe. Du bleibst heute und morgen in deinem Zimmer. Damit du lernst, dich zusammenzureißen. Deine Schwester wird dir was zum Essen bringen. Heute Abend. Und ich warne dich, wenn du das auch wieder auskotzt, dann kannst du was erleben.«

Damit drehte er sich um und ließ ihn allein. Als Bastian hörte, wie von außen der Schlüssel umgedreht wurde, atmete er erleichtert auf. Sein Magen knurrte.

»Pst«, ermahnte er seinen Körper. Es würde noch eine ganze Weile dauern, bis er etwas zu essen bekam. Aber alles war besser, als schon wieder in die Badewanne zu müssen. Selbst wenn das bedeutete, dass er so lange hungern würde, bis die Magenschmerzen ihm die Tränen in die Augen trieben.

11. Kapitel
2014

»Wie folgt aus einem Geheimnis immer ein größeres!«
Franz Kafka

Ohne wirklichen Appetit kaute Katinka auf ihrem Omelett herum. Wäre nicht ein Schälchen von dem süß-scharfen Kompott aus Moltebeeren dabei, sie hätte das geschmacklose Ei kaum herunterbekommen. Doch nicht nur der unfähige Koch, der das Salz vergessen hatte, vermieste ihr das Essen. Auch die Sache mit Judith schlug ihr auf den Magen.

Judith war sicher nicht ihre beste Freundin und es gab genug Themen, bei denen sie wohl nie auf einen Nenner kommen würden. Aber es war völlig untypisch für sie, nach einem Abend wie gestern so lange nichts von sich hören zu lassen. Normalerweise schickte sie noch in derselben Nacht, wenn sie die Band getroffen hatte, stolz ihre Bilder und hinterließ einen ausführlichen Bericht in Form einer Sprachnachricht dazu. Seit ihrem ersten gemeinsamen Abend mit den Roadies der Band war Katinka Judiths erste Anlaufstelle, wenn es um Jimmy Eat World ging.

»Isst du das nicht mehr?«, fragte Ole und riss sie aus ihren Gedanken. Mit der Gabel hatte er bereits das erste Stück ihres Omeletts aufgespießt.

»Du kannst es nehmen, ich bekomme sowieso nichts runter«, antwortete sie und schob ihm ihren Teller rüber. Grinsend nahm er ihn entgegen und schaufelte mit zwei Bissen die Reste ihrer Mahlzeit in sich hinein. Dann stand er auf.

»Soll ich dir auch noch eine Flasche Wasser für den Weg mitnehmen? Meine ist bald aufgebraucht und wer weiß, ob wir vor heute Nacht noch einen Supermarkt finden«, sagte er und zog seinen Geldbeutel aus der Hosentasche.

»Wenn du sie für mich trägst.«

Mit zusammengekniffenen Augen musterte er sie. »Da spiele ich ausnahmsweise den Gentleman für dich, weil du mich so lieb darum bittest«, sagte er und ging zum Tresen.

Auf dem Boden vor dem Tisch lag ein zusammengefalteter Zettel, der aus seinem Portemonnaie gefallen war. Katinka bückte sich, hob ihn auf und faltete ihn auseinander. Es war ein Flyer von einer kleinen Pension. Das blaue Holzhaus mit der einladenden Veranda stand mitten im Grünen und auf der rechten Seite konnte man das Meer erahnen. Darunter hieß Familie Rötnagel ihre potenziellen Gäste auf Dänisch und Englisch herzlich willkommen und warb damit, dass Nicholas Rötnagel, ein ausgezeichneter Koch, persönlich für das leibliche Wohl der Besucher sorgte und die familiäre Atmosphäre einen entspannten Urlaub garantierte. Oles Bruder. Katinka hatte nicht gewusst, dass er eine Pension besaß, die noch dazu so ansprechend war. Auf der kleinen Umgebungskarte, die auf dem Flyer abgedruckt war, konnte man erkennen, dass sich die Unterkunft direkt an einer Bucht befand.

»Was hast du da?«, fragte Ole, der vom Bezahlen zurückkam und vier Flaschen Wasser im Arm hatte.

»Den Flyer von der Pension deines Bruders. Warum wolltest du mir nicht vorher verraten, dass es so idyllisch bei ihm ist?«, fragte sie und hielt ihm das Stück Papier entgegen.

»Hab ich noch nie gesehen.«

»Kommt aber aus deinem Portemonnaie. Ich finde, du könntest mir ruhig etwas mehr über ihn erzählen. Du tust gerade so, als müsstest du dich für ihn schämen.«

Er nahm ihr den Zettel aus der Hand und begutachtete die Bilder. »Ehrlich gesagt wusste ich selbst nicht, dass er eine Pension hat. Er hat mir am Telefon nur gesagt, dass es kein Problem ist, wenn wir bei ihm vorbeikommen und dort ein paar Nächte verbringen. Davon abgesehen hast du dich so sehr gegen einen Besuch bei ihm gesträubt, dass ich dich nicht mit weiteren Geschichten über ihn belästigen wollte.«

Katinka zog die Augenbrauen hoch. Sie konnte nur schwer glauben, dass Nicholas Ole nichts von seiner Pension erzählt hatte. Dass Ole immer nur mit einem halben Ohr hinhörte, wenn es um organisatorische Dinge ging, war für sie nichts Neues. Hätte sie gewusst, dass sie dort in einem eigenen Zimmer übernachten konnten, hätte sie sich gar nicht so sehr dagegen gewehrt, seinen Pflegebruder zu besuchen. Sie war die ganze Zeit von einem typischen Familienbesuch ausgegangen: eine unbequeme Couch, keine Möglichkeit, sich auszubreiten, und ein Bad, um das man sich streiten musste.

»Wenn wir jetzt noch ein paar Kilometer schaffen, dann könnten wir morgen schon in Faxe Ladeblads ankommen«, sagte Ole. Er war gerade damit beschäftigt, die Wanderkarte zu studieren. »Durchs Landesinnere wären wir noch schneller. Zwar verpassen wir dann die Steilküste, aber wir haben ja noch genug Zeit, nachdem wir uns einquartiert haben. Wir machen die Pension zu unserer Basis und gehen von dort aus zurück zu den Abschnitten, die wir anschauen wollen, was hältst du davon?«

»Klingt, als hätten wir einen Deal«, sagte Katinka und

schob geräuschvoll ihren Stuhl zurück. Sein Vorschlag klang um Längen besser, als in der Spätsommerhitze mit vollgepackten Rucksäcken am Strand entlangzuwandern.

Nachdem sie die Flaschen verstaut und die neue Route auf der Karte markiert hatten, machten sie sich auf den Weg in Richtung Süden. Für diesen Nachmittag hatten sie sich vorgenommen, noch etwa fünfzehn Kilometer hinter sich zu bringen. In einem Dorf wollten sie dann irgendwo bei Privatleuten nachfragen, ob sie in deren Garten ihr Zelt für die Nacht aufstellen durften.

Mittlerweile war Katinka sogar etwas neugierig auf Nicholas und seine Familie, weshalb ihr der Weg wesentlich leichter fiel als noch am Vormittag. Sie genoss die Sonne, die die Wolken nun endgültig vertrieben hatte, und die Ruhe, die sie auf ihrer neuen Route begleitete. Ihr Weg führte sie nicht mehr wie zuvor an der stark befahrenen Küstenstraße entlang, sondern über verlassene Landstraßen vorbei an üppigen Maisfeldern, die grün leuchteten. Zwischendrin säumten kleinere Baumgruppen den Feldweg, deren Schatten auf Teilen des Wegs für Abkühlung sorgten.

Auf diese Weise schafften sie statt der geplanten fünfzehn Kilometer sogar über zwanzig, bevor sie auf einem Bauernhof einkehrten. Dessen Besitzer war nach kurzer Verhandlung dazu bereit, ihnen eine seiner Wiesen für die Nacht zur Verfügung zu stellen. Als sie versprachen, ihre Frühstückseier bei ihm zu kaufen und ein kleines Trinkgeld draufzulegen, erlaubte er ihnen sogar, seinen Grillplatz für ein Lagerfeuer zu nutzen. Dort wärmten sie auf dem Schwenkrost ihre Dose Ravioli auf und erholten sich von der Wanderung.

Nach dem Essen saß Katinka am Feuer, während Ole dabei war, das Campinggeschirr abzuspülen. Den Kopf auf die Arme aufgestützt und die müden Beine auf einen abgesägten Baumstamm gelegt, streckte sie zufrieden ihren vollgegessenen Bauch in die Luft und begann gerade, sich zu entspannen, als es in ihrer Hosentasche vibrierte.

Judith, schoss es ihr durch den Kopf. Sie setzte sich auf. Den ganzen Nachmittag hatte sie sich an die Abmachung mit Ole gehalten und den Gedanken an sie verdrängt. Gespannt öffnete sie die Nachricht. Tatsächlich, Judith hatte ihr geschrieben. Fassungslos las sie den Text ein zweites Mal.

»Was hat dich denn gebissen?«, fragte Ole, der über die Wiese geschlendert kam, als er Katinkas entsetzten Gesichtsausdruck sah. Anstelle einer Antwort sprang sie auf und hielt ihm das Handy entgegen.

»Lass mich raten, sie hat sich gemeldet? Es geht ihr gut und all deine Aufregung war umsonst.« Er setzte sich neben sie auf den Boden, ohne einen Blick auf das Handy zu werfen.

Katinka nickte entgeistert. »So kann man es auch ausdrücken. Willst du nicht lesen?«

»Du kannst es mir doch einfach sagen.« Er zupfte ungeduldig an ihrem Hosenbein. Katinka ließ das Handy sinken und setzte sich neben ihn.

»Du kannst dich freuen, denn du hattest natürlich recht. Judith geht es gut. Zu gut, könnte man meinen. Ich gebe dir jetzt ein Versprechen und du sorgst dafür, dass ich es einhalte. Ich will nie wieder etwas mit dieser egozentrischen Zicke zu tun haben«, sagte sie und hielt ihr Handy erneut so, dass er auf das Display schauen konnte. »Schau dir das an. Sie schreibt mir tatsächlich, dass ich mich schlimmer als ihre Mutter benehme und aufhören soll, sie mit meinen Anrufen zu nerven.«

12. Kapitel

»Was bist du? Elend bin ich. Zwei Brettchen gegen die Schläfen geschraubt habe ich.«
Franz Kafka

Zunächst war Beatrice erleichtert darüber gewesen, dass er nicht so schnell wieder auftauchte. Mittlerweile machte sie sich allerdings Sorgen. Sollte er sie tatsächlich hier im Keller zurückgelassen haben und würde gar nicht mehr zurückkommen? Schließlich betäubte Wut jedes andere Gefühl. Sie fragte sich, wie viel Zeit vergangen war, seit er sich das letzte Mal gezeigt hatte. Waren es womöglich bereits Tage? Für Beatrice fühlte es sich wie eine Ewigkeit an – eingesperrt in dem Kellerloch ohne Fenster, ohne Licht und ohne Beschäftigung. Außerdem hatte sich der Hunger mittlerweile in heftige Magenschmerzen verwandelt und die Haut um die offenen Stellen an ihren Schienbeinen und Unterarmen fühlte sich heiß an. Vermutlich hatten sich die Wunden infiziert.

Dennoch wagte sie es nicht, eine weitere Scheibe aus der Toastpackung zu essen oder von dem Wasser zu trinken, das auch immer weniger wurde. Den Kanister und das Weißbrot sowie eine Wolldecke hatte er ihr zuvor mit den Worten »Teil es dir gut ein!« vor die Füße geworfen. Seitdem war er verschwunden.

Hoffentlich hat dich ein Bus überfahren, dachte sie und wünschte sich sogleich, dass dies nicht der Fall war. Wie lange würden wohl die Packung Toast und der Wasserkanister noch vorhalten? Wenn sie jeden Tag eine, höchstens anderthalb Scheiben Toast aß und zwei oder drei Schlucke aus dem Kanister nahm, vielleicht zwei Wochen, zweieinhalb. Unter keinen Umständen mehr. Wenn sie nicht vorher verdurstete, weil sie zu viel Wasser sparte. Ob sie wohl aus dem Eimer für ihre Fäkalien trinken konnte? Sofort verwarf sie den Gedanken wieder, noch hatte sie etwas Trinkwasser.

Doch in kurzer Zeit müsste sie sich ernsthaft überlegen, wie es weitergehen sollte. Sie hatte bereits eine Menge von dem Wasser verbraucht. Gestern – zumindest nannte sie es so, da es sich für sie richtig anfühlte – hatte sie eine Panikattacke gehabt. Völlig von Sinnen hatte sie hysterisch gebrüllt, um Hilfe geschrien und um ihr Leben gebettelt. Beatrice hatte so lange mit den Fäusten gegen die Tür geschlagen, bis sie die Erschöpfung übermannt und sie beinahe das Bewusstsein verloren hatte. Danach musste sie mehr als nur einen Schluck nehmen, und nachdem die Hemmungen gefallen waren, hatte sie gierig getrunken, bis ihr der Kanister gefährlich leicht vorgekommen war. Sie hatte es sofort bereut, doch es war schon zu spät gewesen.

Zumindest hatte ihr dieser Anfall eine Erkenntnis gebracht: Sie wusste nun sicher, dass niemand sie hörte und dass somit auch niemand außer ihm selbst sie befreien würde. Sie war ihm vollkommen ausgeliefert und jegliche Energie, die sie für Hilfeschreie aufwand, war verschwendet.

Beatrice hielt den Atem an. Ihre Nackenhaare stellten sich auf. War dort vor der Tür ein Geräusch? Kam er endlich zurück, um sie zu holen?

Für einen Moment verkrampfte sich ihr Herz bei der Vorstellung, dass die Tür sich gleich öffnen würde. Sie konnte beinahe den Lichtschein sehen, seinen Schatten in der Tür. Das Gefühl der Erleichterung verdrängte die Angst vor dem, was er mit ihr vorhatte. Sie brauchte ihn, sie wollte noch nicht sterben. Solange er zurückkam, solange er irgendetwas mit ihr vorhatte, würde sie leben. Nur dann blieb ihr eine geringe Chance, ihn doch noch zu überreden, sie freizulassen. Oder irgendwie zu entkommen. Ihn niederzuschlagen und zu flüchten. Ja, dann endlich würde sich ihr Leben wieder zum Guten wenden.

Sie fragte sich, ob Herr Schmidt, ihr zwei Jahre alter Labradormischling, sich bemerkbar gemacht hatte. Wie lange war sie insgesamt hier gefangen? Ihr Gefühl sagte ihr, dass es länger als eine Woche war. Hoffentlich hatte jemand die Tür aufgebrochen und den Hund aus ihrer Wohnung herausgeholt. Vielleicht die nervige Nachbarin, die beim Sex wie eine Meersau vor sich hin quiekte. Die Vorstellung, dass Herr Schmidt in einem Tierheim saß und verzweifelt auf sie wartete, brach ihr das Herz. An die schlimmere Möglichkeit traute sie sich nicht einmal zu denken.

Flehend blickte sie die Stelle in der Dunkelheit an, an der sie die Tür vermutete. Beschwörend.

»Geh auf«, flüsterte sie heiser. »Komm schon, ich flehe dich an, lass mich hier nicht alleine.«

Lass mich zu Herrn Schmidt. Lass mich zu meiner Familie.

Die Tür blieb geschlossen. Er kam nicht zurück.

13. Kapitel

»Menschen werden schlecht und schuldig, weil sie reden und handeln, ohne die Folgen ihrer Worte und Taten vorauszusehen.«

Franz Kafka

Die Abendsonne färbte die vorbeiziehenden Wolkenfetzen in schillerndem Rosa, als die beiden Faxe Ladeblads erreichten. Es dauerte nicht lange, bis sie die richtige Adresse gefunden hatten. Die Pension war das vorletzte und einzige blaue Haus mit einem großen Anbau in der schmalen Straße, kurz bevor diese an einem Deich endete. Katinka setzte den Rucksack ab, streckte ihren Rücken durch, rollte die Schultern und dehnte ihren Nacken. Ihre Füße schmerzten. Auf den letzten Kilometern hatte sich der Weg verändert, und sie hatten die vergangenen zwei Stunden anstatt auf geteerten Radwegen auf unebenen Schotterpfaden gehen müssen. Die Turnschuhe mit der dünnen Sohle, die sie trug, waren alles andere als dafür geeignet gewesen.

Katinkas Magen knurrte hörbar, als sie hinter Ole durch das weiß gestrichene Holztor trat. Mittlerweile war es früher Abend und das verspätete Frühstück lag bereits einige Stunden zurück.

Nicht lange, nachdem Ole geläutet hatte, erschien eine rothaarige Frau in der Tür.

»Schön, dass ihr endlich da seid. Ich bin Johanne, quasi deine Schwägerin«, sagte sie zu Ole und führte die beiden ins Haus.

»Das hier ist unser Gästeraum«, erklärte sie, als sie eine Schiebetür am Ende des Flurs öffnete. Vor ihnen tat sich ein heller und moderner Anbau auf, der beinahe so groß war wie das Haus selbst. Seine Langsseiten bestanden aus bodentiefen Fenstern und vermittelten das Gefühl, man befände sich in einem Wintergarten. Zu ihrer Rechten trennte eine L-förmige Bar aus weiß gestrichenen Schiffsplanken die Lounge vom Essbereich. Zur Linken dominierte eine einladende Sitzecke mit zwei Sesseln und einer Chaiselongue den vorderen Teil des Raums.

»Ihr macht es euch hier bequem und ich hole Nicholas«, sagte Johanne und verschwand in einer Tür hinter der Bar.

Katinka sank seufzend in einen der Korbsessel. Ole stand unschlüssig vor der Theke und ließ den Blick durch den Raum schweifen. Bisher hatte er nicht mal seinen Rucksack abgesetzt.

Bevor Katinka sich jedoch erkundigen konnte, ob etwas nicht stimmte, ging die Tür auf, hinter der Johanne verschwunden war, und Nicholas betrat den Raum. In der Hand hielt er eine Flasche Wein.

»Mein Gott, sieh dich nur an. Du hast dich gar nicht verändert«, sagte er. Er stellte die Flasche auf dem Tisch ab und umarmte Ole freundschaftlich.

Katinka konnte kaum glauben, dass er im selben Alter wie Ole sein sollte. Die beiden wirkten wie aus einer komplett anderen Generation. Ole mit seinen wilden, ungekämmten Locken und seinen Hosen auf Halbmast stand in einem krassen Gegensatz zu der Bundfaltenhose und der adrett gekämmten Frisur von Nicholas, die bereits von ersten grauen Strähnen durchzogen wurde.

»Es kommt mir vor, als wäre es gestern gewesen, dass wir uns das letzte Mal gesehen haben.«

»Es war vor mehr als acht Jahren.«

»Und was für eine schöne Frau du hast«, überging er Oles Bemerkung und wendete sich Katinka zu. Nachdem er auch sie herzlich umarmt hatte, öffnete er die Flasche Wein und schenkte allen etwas ein. »Ein Toast darauf, dass wir nicht wieder acht Jahre vergehen lassen, was meint ihr?«

»Wenn wir hier immer so gastfreundlich empfangen werden, dann sorge ich höchstpersönlich dafür, dass es nicht so weit kommt«, entgegnete Katinka. Ihr Glas rührte sie vorerst nicht an. Alkohol auf leeren Magen war keine gute Idee.

»Ich muss euch übrigens etwas beichten«, sagte Nicholas, als sie wenig später gemeinsam bei der Vorspeise saßen.

»Du kannst mir alles sagen.« Ole lachte, aber Katinka fand, dass er seit ihrer Ankunft total angespannt war. Beinahe so, als fühle er sich hier überhaupt nicht wohl.

Nicholas räusperte sich und knibbelte an der Haut seines Daumennagels herum. »Es ist mir ein bisschen unangenehm. Eine blöde Situation. Meine Schwester hat sich für morgen angekündigt.«

Katinka verstand zunächst nicht, worauf das Geständnis hinauslaufen sollte. Ein Besuch der Schwester war nichts Außergewöhnliches. Ole hingegen schien es anders zu sehen. »Na großartig«, murmelte er und leerte sein Glas Wein in einem Zug.

»Sie hat sich spontan ein paar Tage freigenommen und will mit ihrer Familie runterkommen.« Er blickte Ole nun direkt ins Gesicht. »Ich hoffe, du verstehst, dass … Du weißt schon.

Ihr beide … Es wäre besser, wenn ihr euch darauf einstellt, eine andere Unterkunft zu suchen. Auch wenn ich verspreche, dass ich noch mal mit ihr reden werde.«

»Das ist nicht dein Ernst?«

Katinka schaute betreten auf ihre Finger. »Das ist doch kein Problem. Wir wollten sowieso einen Wanderurlaub machen«, sagte sie.

Ole schaute sie entgeistert an. *Fall mir nicht so in den Rücken*, schien sein Blick ihr zu sagen. »Ich finde schon, dass es ein Problem ist.«

»Hör mal, es ist nicht so, dass ihr hier nicht willkommen seid. Aber …«

»Warum wirfst du uns dann raus?«

Nicholas seufzte. »Wenn es nach mir ginge, müsstet ihr sicher nicht gehen. Ich habe dir schon mal gesagt, dass meine Tür dir jederzeit offen steht. Es ist aber so, dass Malou mich darum gebeten hat, dich … ich nenne es mal ›auszuquartieren‹.«

»Ein Eins-a-Rauswurf. Sag ich doch. Wenn sie sagt, du sollst hüpfen, fragst du nur, wie hoch sie es gerne hätte. Wie früher.«

»Ole«, versuchte Katinka ihn zu beschwichtigen.

»Nein, nichts Ole.« Er schlug mit der Hand auf den Tisch, sodass die Gläser erzitterten. »Es war seit Wochen abgemacht, dass wir hierherkommen. Ich habe dich acht Jahre nicht gesehen. Acht verdammte Jahre. Und jetzt kommt sie und du sagst, alles klar, mach's gut?«

»Entschuldige mal«, mischte Johanne sich ein. »Ich will wirklich nicht in eure Angelegenheiten hineinreden, aber du bist gerade etwas unfair meinem Mann gegenüber. Seine Schwester gehört zur Familie und ich denke, dass wir ihren Wunsch respektieren sollten.«

»Und ich gehöre nicht dazu? Wenn das eure Meinung ist,

dann kann ich auch gleich gehen. Schönen Abend wünsche ich euch noch.« Er stand so ruckartig auf, dass sein Stuhl nach hinten umkippte, und stürmte aus dem Wintergarten.

»Warte«, rief Katinka ihm hinterher, doch sie hörte bereits, wie die Haustür ins Schloss fiel. Einen Moment überlegte sie, ihm zu folgen. Dann legte Nicholas seine Hand auf ihre.

»Der beruhigt sich schon wieder«, sagte er.

Katinka nickte. Sicher war sie sich allerdings nicht.

14. Kapitel

»Laß dich vom Bösen nicht glauben machen, du könntest vor ihm Geheimnisse haben.«
Franz Kafka

Seit er sie letzte Nacht aus dem Auto geholt und in den Bauwagen gesperrt hatte, war Judith alleine. Mittlerweile wurde es wieder dunkel und sie zitterte am ganzen Körper. Nachdem die Sonne ihr Gefängnis den Nachmittag über in eine Sauna verwandelt und Judith ihre Kleidung durchgeschwitzt hatte, war die Temperatur seit dem Sonnenuntergang rapide gesunken. Die Arme um die Knie geschlungen, hockte sie auf der gammeligen Matratze und lauschte den Wellen, die in einiger Entfernung an einen Strand brandeten. Mit den Händen rieb sie über ihre Fußsohlen, denn auch ihre Schuhe hatte er mitgenommen. Die Kette an ihrer Fußfessel klirrte leise im Takt ihrer Bewegungen.

Ihr Blick fiel auf den Stift, den er letzte Nacht zusammen mit dem Collegeblock auf den klapprigen Campingtisch gelegt hatte. Die Liste. Sie schluckte schwer. Wortlos hatte er auf der ersten Seite im Block aufgeschrieben, was sie zu tun hatte. Er wollte eine Auflistung der zehn Menschen, die ihr am nächsten standen, inklusive des Namens, unter dem sie in ihrem

Telefon gespeichert waren, sowie ihrer Adressen. Angefangen mit drei Familienmitgliedern, drei ihrer besten Freunde und drei Arbeitskollegen. Die zehnte Person sollte ihr Freund sein.

Wie kann er wissen, dass ich einen Freund habe?, fragte sie sich. Hatte er sie etwa schon länger beobachtet? Aber warum hatte er sie dann ausgerechnet in Dänemark überfallen? Eine ziemlich aufwendige und teure Entführung, wenn man dafür extra in ein anderes Land reiste.

Als hätte er gemerkt, dass sie gerade an ihn dachte, riss er plötzlich von außen die Tür auf. Unwillkürlich fuhr sie zusammen und hielt schützend die Hände vor ihre Brust. Er stand in der Tür und regte sich nicht. Sein Gesicht lag im Schatten, dank der Mütze, die er tief in die Stirn gezogen hatte. »Hast du deine Hausaufgaben gemacht?«, wollte er wissen.

Bei dem Klang seiner Stimme erschauderte sie. Irgendwie kam sie ihr vertraut vor. Sie starrte ihn an und versuchte, einen Anhaltspunkt im Dämmerlicht auszumachen. Dann ging er einen Schritt auf sie zu. Ihr stockte der Atem. Sie öffnete ihren Mund, um etwas zu sagen, doch sie bekam keinen Ton heraus.

»Antworte gefälligst, wenn du angesprochen wirst.«

Sie hob zitternd den Arm, als könne sie ihn so abwehren. »Verdammte Scheiße, was machst du mit mir?«

Der Mann stand nun direkt vor ihr. Sie starrte ihn an, doch sein Gesicht wurde noch immer zur Hälfte von seiner Kapuze bedeckt. Mit einer schnellen Bewegung packte er sie an den Haaren, riss sie nach oben und drehte sie mit dem Rücken zu sich.

»Wie redest du denn mit mir?« Er sprach langsam, betonte jede Silbe überdeutlich. Sein Atem fühlte sich heiß an in ihrem Nacken, so dicht drängte er sich an sie.

Judith griff nach oben, krallte sich an sein Handgelenk und stellte sich auf die Zehenspitzen, um die Spannung an der Kopfhaut zu verringern.

»Bitte, meine Haare«, sagte sie flehentlich. »Du tust mir weh.«

Er zerrte fester an ihr, zog sie immer mehr in die Höhe. »Wenn du deine Aufgabe nicht erledigst, wird es dir noch viel schlechter als jetzt gehen, darauf kannst du dich verlassen.«

Judith schloss ihre Augen und versuchte, ruhig zu atmen. »Ist gut … ich tu ja alles. Lass mich nur los, bitte. Was willst du mit der Liste …«

Mit der freien Hand packte er sie unter dem Kinn und überstreckte ihren Hals so weit nach hinten, dass sie glaubte, ihre Halswirbel müssten jede Sekunde brechen. »Du bist nicht in der Position, Fragen zu stellen. Ich habe dir eine Hausaufgabe gegeben, die du zu erledigen hast. Alles Weitere geht dich nichts an.«

»Tu ihnen nicht weh.«

Er schnaufte genervt, ließ ihr Kinn los und packte sie mit der freien Hand am Hals. »Ich werde vor allem dir unglaublich wehtun, wenn du mir nicht gehorchst.«

»Aber …«

Er stieß mit der Hand gegen ihren Hals und schleuderte sie mit dem Rücken gegen die Wand des Bauwagens. Der Aufprall nahm ihr die Luft, sie schmeckte Blut in ihrem Mund. Sie sank auf die Knie.

»Warum … machst … du das?«, keuchte sie. Ihre Kopfhaut schmerzte so sehr, als hätte er sie skalpiert.

Für den Bruchteil einer Sekunde änderte sich etwas in seinem Blick. Dann holte er aus. Seine Faust kam auf sie zugerast. Judith warf sich auf die Seite, doch zu spät. Der Schlag traf sie so hart am Kiefer, dass sie mit den Zähnen die Innenseite ihrer Unterlippe aufriss. Blut schoss aus ihrer Nase, und sie spuckte Splitter ihrer abgebrochenen Zähne auf den Metallboden. »Du bringst mich noch um«, nuschelte sie. Ihre Lippe schwoll bereits an und erschwerte ihr das Sprechen.

Er hielt inne. »Es liegt bei dir. Wenn du mir den nötigen Respekt entgegenbringst, haben wir kein Problem miteinander.«

Seine Stimme war nun ganz ruhig, was ihr noch mehr Angst einjagte. Doch sie würde den Teufel tun und ihm das zeigen. »Glaubst du, so kannst du mich dazu zwingen? Indem du mir wehtust?«

»Bis morgen«, sagte er und deutete auf die Liste. »Letzte Chance. Wenn du mich noch mal enttäuschst, wirst du dir wünschen, ich würde dich so sanft behandeln wie heute.« Damit drehte er sich um und ließ sie alleine.

Noch eine Weile saß Judith in der Ecke, unfähig, sich zu bewegen. Sie hatte die Arme um sich geschlungen und wartete darauf, dass der Blutstrom aus ihrer Nase stoppte. Den Stift rührte sie nicht an. Eher würde sie hier drin sterben, als ihre Familie an diesen Verrückten auszuliefern.

15. Kapitel

»Verbringe die Zeit nicht mit der Suche nach einem Hindernis, vielleicht ist keines da.«
Franz Kafka

»Was habe ich gesagt? Johanne konnte ich ohne Probleme davon überzeugen, dass es keinen Stress geben wird. Alles Weitere muss ich natürlich mit meiner Schwester selbst abklären. Aber hey, sie vergöttert ihren kleinen Bruder und kann ihm kaum einen Wunsch abschlagen«, sagte Nicholas. Mit einem Tablett, das voller Schüsselchen und Teller stand, trat er durch die Küchentür. Als er entdeckte, dass Katinka noch immer alleine in der Lounge saß, verzog er das Gesicht. »Ist er immer noch nicht wieder zurück?«

»Frag lieber nicht«, sagte Katinka. Mit dem Daumen deutete sie hinter sich aus dem Fenster. »Es hat ihn ziemlich getroffen, dass du ihn so schnell wieder loswerden willst. Ich hoffe, er reagiert sich zügig ab und kommt wieder.«

Nicholas nickte stirnrunzelnd. »Ja. Impulsiv und ungeduldig, so kenne ich ihn. Ich habe ihm doch gesagt, dass Malou nicht das letzte Wort hat. Er hätte wenigstens abwarten können, was bei unserem Gespräch rauskommt. Wobei ich aber auch zugeben muss, dass Johanne etwas unsensibel war.«

Schweigend stellte er die Teller auf den Tisch und die Schüsseln daneben. »Wie sieht es aus, lässt du dir davon den Appetit verderben?«

Katinka lief beim Anblick des Essens das Wasser im Mund zusammen. »Niemals. Ich sterbe vor Hunger.«

»Dann leiste ich dir Gesellschaft, während du isst.«

»Er hat vorher mit keinem Wort erwähnt, dass deine Schwester so ein Problem mit ihm hat«, sagte Katinka wenig später zwischen zwei Happen. »Sonst hätte ich mich ein wenig intensiver mit der ganzen Sache auseinandergesetzt. Aber er hat sich so auf den Familienurlaub gefreut, da kam ich gar nicht auf die Idee, dass irgendwas bei eurem Verhältnis nicht stimmen könnte.«

»Dass meine Schwester so reagiert, liegt gar nicht speziell an ihm. Wegen unserer Vergangenheit hat sie eine Art gluckenhaften Beschützerinstinkt entwickelt. Leider bildet sie sich ein, dass auch Ole zu den Menschen zählt, die von mir ferngehalten werden sollten. Vielleicht weil er als Kind immer in einer Art Konkurrenzverhältnis zu ihr stand.«

»Ich muss gestehen, dass ich überhaupt nichts von euch weiß. Ole ist in dieser Beziehung ziemlich verschlossen. Wir haben uns nie ausführlich über seine Vergangenheit unterhalten.«

Nicholas legte seine Hand auf ihre Schulter und tätschelte sie kumpelhaft. Katinka lehnte sich unmerklich ein Stück zur Seite. Das war für sie zu viel Nähe von einem Fremden.

»Tja, leicht hatten wir es nicht. Ich kann mir vorstellen, warum Ole nicht gerne von dieser Zeit spricht. Mach dir darüber keine Gedanken«, sagte er. »Meine Schwester und Ole, das ist eine Geschichte für sich. Meine Schwester ist die Älteste von uns, daher war sie immer diejenige, die sich um uns gekümmert hat. Und als wir dann in getrennte Familien kamen …« Er lehnte sich zurück und starrte aus dem Fenster ins Leere. »Wie auch immer. Ich glaube, Ole erinnert sie zu sehr an die Vergangenheit, und das will sie verhindern.«

»Für mich ist es nur schwer vorstellbar, wie es sein muss, ohne richtige Familie aufzuwachsen«, sagte sie. Sie hatte immer ihre eigenen Verhältnisse für kompliziert gehalten, doch im Gegensatz zu Ole war sie immer willkommen in ihrer Familie und hatte eine glückliche Kindheit gehabt. Ole hatte Liebe und Zusammenhalt erst erfahren dürfen, als er bereits elf Jahre alt gewesen war und sich Norbert und Gesine seiner angenommen hatten. Die beiden waren auch der Hauptgrund, warum Katinka ihm nach seinen cholerischen Anfällen immer wieder verzieh. Norbert sprang stets für seinen Pflegesohn in die Bresche und redete so lange auf Katinka ein, bis sie gewillt war, Ole noch eine letzte Chance zu geben.

»Was hältst du davon«, riss Nicholas sie aus den Gedanken, »wenn ich dir nach dem Essen erst mal das Zimmer zeige? Er wird ganz sicher zurückkommen und merken, wie übertrieben seine Reaktion war.«

»Sei dir da mal nicht so sicher«, sagte Katinka. Bevor Ole freiwillig bereit war, sich einen Fehler einzugestehen, musste einiges passieren.

Sie standen vom Tisch auf und Katinka folgte Nicholas zu den Treppen, die nach oben führten, während Johanne das Geschirr abräumte.

»Das untere Stockwerk ist abgesehen von dem Gästeraum unser Privatbereich«, erklärte Nicholas. Von dem schmalen Flur gingen vier Türen ab. Vor der mit der Nummer drei blieb Nicholas nun stehen und sperrte sie auf. »Da Gott entschieden hat, uns keine Kinder zu gönnen, und die oberen Zimmer meist ungenutzt blieben, haben wir irgendwann beschlossen, sie sinnvoll zu verwenden und an Feriengäste zu vermieten. Die ersten beiden Jahre haben wir die Pension nur nebenbei im Sommer betrieben. Doch das Geschäft entwickelte sich zum Selbstläufer, und mittlerweile können wir von unseren Stammkunden leben.«

»Warum habt ihr euch nicht vergrößert? Bei der Lage und eurer Ausstattung wäre das garantiert die reinste Goldgrube«, wollte Katinka wissen.

Die Zimmerausstattung vermittelte eher den Eindruck eines gehobenen Hotels als den einer normalen Frühstückspension. Der Schlafraum war modern und zurückhaltend eingerichtet. Die Wände waren in einem dunklen Türkis gehalten und bildeten einen starken Kontrast zu den weiß lackierten Möbeln, die offenkundig nicht von Ikea stammten. Das Zentrum bildete ein Himmelbett in Übergröße, an dessen Fußende ein Flachbildfernseher zwischen den Pfosten montiert war. Auf der Kommode befanden sich ein Blumentopf mit einer blauen Orchidee sowie ein silbernes Tablett, darauf zwei Flaschen Wasser und zwei Gläser. Ein kleiner Zettel daneben informierte auf Dänisch, Deutsch und Englisch, dass dies eine Aufmerksamkeit des Hauses darstellte und den Gästen nicht berechnet wurde.

»Wir wollten es nie in Stress ausarten lassen«, sagte Nicholas. »Durch die Arbeit in verschiedenen Restaurants habe ich festgestellt, was mir wichtig im Leben ist. Ich liebe das Kochen, aber ich liebe es auch, Zeit mit meiner Frau und meinen Lieben zu verbringen, und wollte außerdem meine Freiheit nicht aufgeben. Hätten wir angebaut und einen wirtschaftlichen Betrieb daraus gemacht, wären wir eine Menge Verpflichtungen eingegangen. Wir hätten Angestellte beschäftigen und uns darum sorgen müssen, dass die Pension dauerhaft genug Gewinn abwirft, um unsere Mitarbeiter bezahlen zu können. So kommen wir gut mit unserem Verdienst aus und haben dennoch jederzeit die Möglichkeit, uns Zeit für uns zu nehmen, wenn wir möchten. Zum Beispiel, wenn meine Schwester kommt. Für diese Zeit nehmen wir dann einfach keine anderen Gäste auf.«

»Es sei denn, dein Pflegebruder funkt dir dazwischen und

provoziert einen Krieg an allen Fronten. Tut mir leid, dass wir solche Trampeltiere sind.« Sie lächelte entschuldigend. Eigentlich hatte sie genug davon, sich ständig für Oles unbedachtes Verhalten zu schämen.

Nicholas schüttelte den Kopf und winkte ab. »Mach dir keine Gedanken. Johanne ist immer nur sehr besorgt, meiner Schwester alles recht zu machen. Aber das nehme ich auf meine Kappe, ich habe einfach nicht daran gedacht, dass die beiden so gar nicht miteinander können. Sobald meine Schwester überzeugt ist, wirft auch meine Frau ihre Bedenken über Bord.«

»Das heißt, das Schlimmste steht dir noch bevor?«

»Malou hat sich auf mich gefreut, ich habe mich auf Ole gefreut. Wenn einer verstehen sollte, dass ich ihn nicht ohne Weiteres rauswerfen kann, dann ist sie das. Gut möglich, dass sie ein oder zwei Tage benötigt, es einzusehen. Ich bin mir jedoch sicher, dass wir am Ende alle gemeinsam im Garten sitzen und eine Grillparty schmeißen.«

»Ich erinnere dich daran, wenn du weinend auf dem Sofa liegst, weil dich zwei Frauen in die Mangel genommen haben«, sagte Katinka und zwinkerte ihm zu. In der Zwischenzeit hatte sie den Rucksack abgelegt und die Schuhe ausgezogen. »Im Ernst, es wird euch kaum auffallen, dass wir da sind, das verspreche ich.«

»Mach dir wirklich keine Gedanken. Von meiner Seite aus seid ihr herzlich willkommen und meine Schwester wird das sehr bald ebenfalls so sehen, sobald sie dich kennengelernt hat. Und jetzt komm, ich will dir das Beste an dem Zimmer zeigen.« Damit ging er zu den Vorhängen, zog sie mit einem Ruck zur Seite und öffnete die dahinter gelegene Balkontür. Er deutete eine Verbeugung an und wies nach draußen. »Da ihr einen ganz besonders langen Tag hinter euch habt, bekommt ihr auch ein ganz besonderes Zimmer von mir. Wir haben zwar keine offizielle Bezeichnung dafür, wenn wir aber eine auswählen müssten, würde ich es das Hochzeitszimmer nennen. Und hier ist euer persönlicher Jacuzzi auf eurem Balkon. Ich habe extra für euch die Heizung eingeschaltet.«

»Ist nicht wahr!« Katinka war verzückt, als sie den Dampf von der Wasseroberfläche aufsteigen sah. »Genau das Richtige nach so einem Tag.«

»Das kannst du laut sagen. Ich schlage vor, du gönnst dir jetzt etwas Entspannung und vergisst den ganzen Stress. Sobald Ole zurückkommt, schicke ich ihn zu dir nach oben.«

Das ließ sich Katinka nicht zweimal sagen. Kaum hatte Nicholas das Zimmer verlassen, stieg sie aus ihren Klamotten und ließ sich in das warme Wasser sinken. Endlich entspannten ihre Muskeln und Müdigkeit ergriff von ihr Besitz. Sie schloss die Augen.

16. Kapitel

»Dem Bösen kann man nicht in Raten zahlen – und versucht es unaufhörlich.«

Franz Kafka

Wie ein Mahnmal wirkte der leere Zettel im flackernden Licht der Kerzen. Es kam Judith vor, als würde er in der Düsternis nahezu leuchten, um sie daran zu erinnern, dass sie noch eine Aufgabe zu erfüllen hatte. Egal, wie sehr Judith sich auf etwas anderes konzentrierte, sie schaffte es nicht, über den Zettel hinwegzusehen. *Er wird dich umbringen, langsam zu Tode foltern,* flüsterte er ihr zu, wie er da scheinbar leuchtend in der Dunkelheit lag. Sie vergrub ihr Gesicht in den Händen, zuckte aber sofort zurück. Der Schmerz aus ihrer Nase hatte sich im gesamten Gesicht ausgebreitet. Selbst wenn sie bloß ihre Wangen berührte, war er unerträglich.

»Fick dich«, nuschelte sie mit verstopften Atemwegen. Sie hatte nicht vor, dem Druck nachzugeben. Wer garantierte ihr, dass er sie nicht trotzdem umbrachte, nachdem sie ihm ihre Familie ausgeliefert hatte? Möglicherweise ließ er sie nur so lange am Leben, bis sie ihm die Information gegeben hatte, die er wollte.

Diese Zweifel hatten sie bisher auch davon abgehalten, Fantasienamen aufzuschreiben. Nun entschied sie sich um. Vielleicht verschaffte ihr die Liste wenigstens etwas Zeit. Es bestand immerhin die Möglichkeit, dass er unaufmerksam wurde und sie so die Gelegenheit zur Flucht bekam. Sie könnte sich irgendwo draußen vor ihm verstecken. Mit ein wenig Glück verlor er schnell die Lust daran, sie zu suchen. Schließlich hatte er ja dann seine verdammte Liste mit den Namen.

Als ob meine jetzige Situation dafür spräche, dass ich besonders viel Glück habe.

Wehmütig dachte sie an das Konzert zurück. Bis gestern Abend hatte ihr ärgstes Problem darin bestanden, ob sie früh genug an der Halle ankam, um einen Platz in der ersten Reihe zu ergattern, und ob sie Jim und die Jungs danach vor dem Hotel erwischte. Sie sehnte sich zurück nach Kopenhagen vor die Konzerthalle. Mit Katinka. Warum nur hatte sie sie weggeschickt? Sie hätten einfach zu zweit etwas trinken gehen können. So war sie alleine durch die fremde Stadt gelaufen und dann …

Ein leises Geräusch von draußen riss sie aus ihren Gedanken. Judith versteifte sich und blickte angespannt zur Tür. Kam er etwa schon zurück? Er hatte gesagt, sie habe bis zum nächsten Morgen Zeit, die Liste fertigzustellen. Es war viel zu früh. Sie starrte auf das weiße Blatt, während sie angestrengt in die Stille lauschte. Möglicherweise hatte sie sich geirrt. Begleitet von dem leisen Klirren, das die Kette um ihren Fuß verursachte, stand sie auf. In diesem Moment hörte sie es wieder. Ein kaum wahrnehmbares Knacken vor dem Bauwagen. Das Geräusch kam näher.

Mit einem Satz war sie bei dem Tisch angelangt und schnappte sich den Stift. Ohne nachzudenken, notierte sie den ersten Namen und setzte das Wort *Oma* in Klammern dahinter. Roswitha Bruckbaumer, die grässliche Nachbarin aus der Straße, in der sie vierzehn Jahre lang mit ihren Eltern gelebt hatte. Die alte Schachtel hatte sich ständig über alles beschwert.

Einmal sogar darüber, dass abends in Judiths Zimmer zu lange das Licht gebrannt und zu ihr rübergestrahlt hätte. Fürs Erste verdrängte sie den Gedanken, dass das Ausdenken falscher Namen nichts nützte, da er dann ja keinerlei Kontaktdaten in ihrem Handy finden und sie auffliegen würde. Es bestand immerhin die Chance, dass er nur die Namen haben wollte, um darüber an die Adressen zu kommen.

Darunter schrieb sie Anett Wollschmidt, die Tochter eben dieser Nachbarin, verheiratet und deswegen mit anderem Nachnamen. Judith hatte sie an einem langweiligen Abend auf Facebook gestalkt. Ihr vergab sie den Verwandtschaftsgrad der Tante.

Erneut ein Geräusch von draußen. Jeden Moment hatte er den Bauwagen erreicht, würde die Tür aufreißen und …

Ihr Gehirn arbeitete fiebrig. Wen konnte sie noch aufschreiben? Ihre Eltern, denen musste sie zumindest den gleichen Nachnamen geben. Also schmierte sie schlichtweg zwei Vornamen dazu, die ihr als Erstes in den Sinn kamen: Hans und Gerda. Fehlten noch sechs. Alles, woran sie denken konnte, war der Mann, wie er in den Bauwagen stürmte und sie so lange verprügelte, bis ihr Körper nur noch aus zertrümmerten Knochen und gequetschten Organen bestand und sie an ihren inneren Blutungen jämmerlich verreckte.

Sie bewegte ruckartig den Kopf hin und her, als könne sie so Einfälle aus ihren Hirnwindungen schütteln. Namen. Noch sechs Stück. Und zwar schnell.

Mit den Fingerspitzen klopfte sie an ihre Stirn, um so ihr Gehirn weiter anzutreiben.

Klara. Klara Seidel, eine ehemalige Schulkameradin, von der sie ständig gemobbt worden war. Wenn er tatsächlich allen Personen auf dieser Liste etwas antun wollte, Klara wäre diejenige, der Judith auf keinen Fall nachtrauern würde. Plötzlich stellten sich ihre Nackenhaare auf. Ruckartig drehte sie sich um.

Niemand stand in der Tür. Ihre Sinne hatten sie getäuscht. Draußen war wieder Stille eingekehrt und doch wurde sie das Gefühl nicht los, beobachtet zu werden. Wahrscheinlich spähte er durch irgendein Fenster, um zu überprüfen, ob sie endlich mit ihrer Aufgabe begonnen hatte. Ergötzte sich an ihrer Panik. Lachte sich ins Fäustchen. Dieser Wichser!

Sie brauchte dringend noch Namen. Ein wenig ärgerte sie die Tatsache, dass sie von Ole den Nachnamen nicht kannte. Zu gerne hätte sie ihn auch mit auf die Liste gepackt. Schon eine ganze Weile war sie das Gefühl nicht losgeworden, dass er nicht gerade in Begeisterungsstürme ausbrach, wenn sie und Katinka sich auf Konzerten trafen. Sie hätte auf ihr Gefühl hören und sich von den beiden distanzieren sollen.

Judith dachte an das Wasser, das sie gestern Abend getrunken hatte. An den bitteren Geschmack und die darauffolgende Übelkeit. Hatte ihr jemand etwas ins Getränk gemischt? Aber warum hatte Katinka sie dann nach der Flasche gefragt? Vielleicht steckten die beiden unter einer Decke, hatten sie irgendwie loswerden wollen. Denn immerhin hatte Katinka genau gewusst, welche Strecke Judith zum Hotel wählen würde. Hatten sie nicht sogar noch darüber gesprochen, dass sie kein Taxi nehmen wollte? Die Erinnerung an das Gespräch war verschwommen, vermutlich hatte die Wirkung des Betäubungsmittels bereits eingesetzt. War es etwa möglich, dass Ole …? Sie schüttelte den Kopf. Ihn hätte sie doch erkennen müssen. Doch es gab eine sichere Methode, es herauszufinden.

Sie blickte hinunter auf das Blatt. Ohne zu zögern, setzte sie Katinkas Namen mit auf die Liste.

17. Kapitel

»In den Wäldern sind Dinge, über die nachzudenken man jahrelang im Moos liegen könnte.«

Franz Kafka

Benommen schaute Katinka sich um. Sie brauchte einen Moment, bis sie realisiert hatte, wo sie sich befand. Mit den Händen schöpfte sie etwas von dem mollig warmen Wasser aus dem Whirlpool über die Schultern. Wie kleine Berge hatten sie die ganze Zeit über in die kühle Nachtluft geragt und waren nun eiskalt. Sie musste eingeschlafen sein. Jedenfalls verriet ihr steifer Nacken, dass sie weit länger als die geplanten zehn Minuten hier gelegen hatte.

Müde blickte sie sich um. Das Zimmer war dunkel. Anscheinend war Ole noch immer nicht aufgetaucht.

»Ole?«, rief sie, um sich zu vergewissern. Drinnen blieb alles still. Hoffentlich hatte er nichts Unüberlegtes angestellt. In der Verfassung, in der er vorhin aus dem Haus gestürmt war, traute sie ihm so einiges zu. Auch, dass er sich in den nächsten Zug gesetzt hatte und zurück nach Kopenhagen gefahren war. Sonst hatte sie keine Erklärung dafür, wo er stecken sollte. Zumal es in dem kleinen Dorf vermutlich wenig gab, womit man sich bis spät in die Nacht beschäftigen konnte. Mit Zurückweisung kam er nur schwer zurecht und sie ahnte, wie er sich fühlte, wenn diese Ablehnung von Menschen kam, die ihm etwas bedeuteten und die ihm eigentlich nahestehen sollten.

Womöglich lag sie vollkommen daneben und Ole war längst zurück in der Pension und saß mit seinem Bruder unten in der Lobby. Sie konnte beinahe vor sich sehen, wie die beiden gemütlich in den Sesseln hockten und sich ein Glas Wein nach dem anderen genehmigten. Ja, vermutlich war es eher so.

Sie stieg aus dem Wasser, schüttelte die Füße etwas ab und flitzte nackt und tropfnass ins Zimmer. In Windeseile trocknete sie sich ab und stieg in ihre Klamotten. Dem würde sie was erzählen, wenn sie ihn unten erwischte.

Im Dunkeln stieg sie die Treppe herunter. Die verlassene Lobby enttäuschte ihre Hoffnung. Kein Wein, kein Nicholas und erst recht kein Ole weit und breit. Nach einem Anruf wusste sie, dass Oles Handy ausgeschaltet war. Unschlüssig stand sie im Flur und überlegte, was sie tun sollte. Herumsitzen und warten war keine Option, dafür hatte sie nicht die notwendige Ruhe. Sie öffnete die Tür zur Straße. In keinem der umliegenden Häuser brannte mehr Licht, nur die Straßenlaterne spendete ein wenig Helligkeit.

Da Ole sich auf das Meer gefreut hatte, war es nicht abwegig, dass er sich irgendwo an den Strand gesetzt hatte. Katinka zog den Reißverschluss ihrer knallgrünen Regenjacke nach oben, um sich gegen den Wind zu schützen, und machte sich auf den Weg in Richtung Wasser. An der Düne endete die Straße und mit ihr auch die Beleuchtung. Katinka blieb einen Moment stehen und wartete, bis sich ihre Augen an die Dunkelheit gewöhnt hatten. Dann beobachtete sie den Horizont vor dem sternenklaren Himmel in der Hoffnung, eine Silhouette oder etwas Ähnliches auszumachen.

Graue, vom Mond beschienene Wolkenfetzen zogen vorbei. In einiger Entfernung lugte eine Baumgruppe über den Deichrand und reckte sich in den dunklen Nachthimmel. Von Ole keine Spur. Ihn zu rufen, machte wenig Sinn. Die Wellen rauschten lautstark auf die Küste zu und brandeten krachend gegen den Strand. Der Wind pfiff über den Deich. Dennoch wollte sie nichts unversucht lassen und rief laut Oles Namen. Katinka hatte allerdings nicht das Gefühl, gegen all die Geräusche anzukommen. Ihre Stimme wurde vom Wind einfach davongetragen.

Die Haare in ihrem Nacken stellten sich auf und eine Gänsehaut wanderte ihr den Rücken herunter. Sollte sie in diesem Moment jemand verfolgen und ihr etwas Böses wollen … An diesem Ort würde es niemand mitbekommen. Er könnte sich hinterrücks anschleichen und müsste sich dabei nicht mal sonderlich Mühe geben. Selbst wenn jemand in zehn Metern Entfernung in ihrer Blickrichtung stünde, würde sie ihn kaum entdecken. Er könnte sie einfach an Ort und Stelle umbringen und ihre Leiche ins Meer werfen.

Aufmerksam beobachtete sie die Umgebung. Soweit sie das beurteilen konnte, war sie alleine. Niemand lauerte ihr auf. Warum auch? Davon abgesehen würde die Strömung ihre Leiche zurück an Land spülen. Ein schwacher Trost, doch im schlimmsten aller Fälle würde sie wenigstens nicht als Fischfutter enden.

Mittlerweile hatte sie die Baumgruppe erreicht, die sich aus der Nähe als licht gewachsener Wald entpuppte, der direkt an den Deich grenzte. Ein schmaler Sandweg führte geradewegs ins Dunkle hinein. Sie blieb stehen. Die Vorstellung, alleine in den Wald zu gehen, bereitete ihr Unbehagen. Irgendwas in ihr weigerte sich, den Schatten der Bäume zu betreten.

»Nicht mal die halbe Stunde kannst du mir lassen, was?«

Katinka fuhr herum. Dann entdeckte sie einen schwarzgrauen Umriss, der sich undeutlich vor dem Sand abzeichnete.

»Verflucht noch mal. Willst du, dass ich einen Herzinfarkt bekomme? Du hast mich zu Tode erschreckt«, schimpfte sie. Ihr Herz raste. Ole antwortete nicht. »Außerdem war das weit länger als eine halbe Stunde. Oder warum sollte ich mitten in der Nacht auf dem Deich herumkraxeln, um nach dir zu suchen?«

»Sorry, ich hab nicht auf die Uhr geschaut und es ist mir auch egal, wie lange genau ich weg war. Ich brauchte einen Moment für mich.«

»Schön. Genug Zeit, dich zu beruhigen, hattest du jetzt ja. Kommst du mit zurück zur Pension?«

»Klar, ich habe mich vollkommen beruhigt. Ist doch auch gar keine große Sache, dass mir Nick so in den Rücken fällt.« Er kam langsam auf sie zu. Die Dunkelheit verschluckte sein Gesicht, und für einen Moment hatte er etwas Bedrohliches an sich.

»Du hast ihm ja keine Chance gegeben, alles aufzuklären. Er hat sich für dich eingesetzt. Hat seine Frau überzeugt, dass er zumindest noch mal mit seiner Schwester redet, bevor die Entscheidung endgültig ist.«

»Hat er also die Eier in seiner Hose gefunden?«

»Anscheinend sieht er dich als einen gleichwertigen Teil der Familie«, sagte sie. »Lass uns zurückgehen. Mit einer Mütze Schlaf siehst du das vielleicht etwas entspannter.« Sie tastete von außen die Jackentasche ab, in der sie den Schlüssel für die Pension vermutete. Entsetzt befühlte sie die andere Seite. Ebenfalls gähnende Leere. »Nein, nein, nein. Das darf nicht wahr sein.«

»Was ist los?«

»Der Schlüssel! Ich bin mir sicher, dass ich ihn eingesteckt habe. Er muss mir auf dem Weg hierher aus der Tasche gefallen sein.« Katinka ging in die Hocke und suchte mit zusammengekniffenen Augen den Boden ab. Ein sinnloses Unterfangen. In der Dunkelheit war es unmöglich, den Schlüssel im Sand zu finden. Krampfhaft überlegte sie, ob sie ihn überhaupt eingesteckt hatte. Vielleicht war er noch im Zimmer auf der Kommode, wo Nicholas ihn vorhin abgelegt hatte.

»Jetzt tu nicht so, als wäre das ein Weltuntergang. Es wird uns schon jemand aufmachen«, sagte Ole mit der üblichen Unbedarftheit. Katinka starrte ihn fassungslos an. Johanne wäre mit Sicherheit begeistert.

»Bist du verrückt? Es ist nach ein Uhr nachts, die schlafen wahrscheinlich alle längst. So eine Scheiße, wenn wir den nicht finden, gibt das richtig Stress. Dein Bruder müsste alle Schlösser tauschen lassen, weißt du, wie teuer das ist?«

»Kack mich nicht dafür an, dass du ausnahmsweise diejenige bist, die Mist gebaut hat. Wenn du mir nicht hinterhergelaufen wärst, hätten wir überhaupt kein Problem.«

Er hatte recht. Sie hatte es verbockt. Doch sie würde den Teufel tun und das vor ihm zugeben. Stattdessen sagte sie: »Vorwürfe bringen uns kein Stück weiter. Lass uns lieber überlegen, wie wir ins Haus kommen.«

»Ganz einfach. Wie wäre es, du rufst dort an? Wenn jemand rangeht, weißt du, dass sie noch wach sind.«

Katinka ärgerte sich, dass sie nicht selbst auf die Idee gekommen war. »Gib mir dein Handy«, sagte sie und hielt die offene Hand vor ihn.

»Nimm doch dein eigenes. Mein Akku ist leer, damit kannst du niemanden mehr anrufen.«

»Das kann nicht wahr sein. Meins liegt im Zimmer.«

»Na super. Und was sollen wir jetzt machen? Hast du vor, stundenlang den Strand abzusuchen?«

»Sehr konstruktiv. Wie wäre es, du schlägst etwas vor? Zum Beispiel, wo wir denn jetzt schlafen sollen.«

»Schau dich um. Das liegt doch auf der Hand«, sagte er und deutete mit der Hand hinter sich. »Ich präsentiere Ihnen unsere Freiluftsuite. Sie sehen hier ein riesiges Naturbett aus feinstem Sand direkt unter dem Sternenhimmel. Wir haben extra bestes Wetter reserviert, und pünktlich zum Frühstück werden Sie vom lieblichen Lachen der Möwen geweckt. Die große Badewanne vor den Füßen erspart Ihnen gleich die Dusche.«

»Du meinst, wenn die Wellen uns nicht schon mitten in der Nacht ins offene Meer spülen. Und dann die Krebse …« Katinka rang sich ein Lächeln ab. Eine ganze Nacht im feuchten Sand zu verbringen und sich das Kissen möglicherweise mit Krebsen und ähnlichem Krabbelviehzeugs zu teilen, erschien ihr alles andere als verlockend. »Können wir wenigstens schauen, ob es irgendwo eine Parkbank gibt?«

Ole unterbrach seinen Versuch, mit den Füßen eine angemessene Schlafstätte in den Sand zu trampeln, und ließ enttäuscht die Schultern hängen. »Ich verstehe zwar nicht, was du gegen den Strand hast … Krebse haben doch vor uns mehr Angst als wir vor ihnen.«

»Darauf würde ich nicht wetten.«

»Keine Chance, dich vom Gegenteil zu überzeugen?«

Katinka schüttelte entschieden den Kopf.

»Na gut, dann lass uns gehen.«

»Du bist ein Schatz. Wie wäre es, wenn wir uns einen Spielplatz suchen? Bestimmt gibt es da ein Klettergerüst mit einem überdachten Ausguck. Oder wir haben Glück und wir finden einen mit einem Pavillon für die Eltern.«

Katinka stiefelte los, den Blick auf den Boden gerichtet, um vielleicht doch noch den Schlüssel zu entdecken. Mittlerweile hatte ein leichter Nieselregen eingesetzt.

»Siehst du, jetzt wären wir ganz schön aufgeschmissen mit deinem Freiluftcamping«, sagte sie und Ole brummelte etwas, das nach Zustimmung klang. Der Regen wurde stärker und kurze Zeit später prasselte ein ordentlicher Schauer auf sie hinab.

»Es wäre besser, wenn wir uns irgendwo unterstellen, sonst holen wir uns bis morgen den Tod«, rief Ole von weiter hinten.

Er war stehen geblieben. Katinka drehte sich um und ging zu ihm.

»Der Wald«, sagte sie und zog die Jacke enger um sich. »Da können wir wenigstens warten, bis sich das Wetter ein wenig beruhigt hat.«

»Muss das sein? Ich dachte eher daran, dass wir uns vom Strand wegbewegen und im Dorf suchen.«

»Und bis dahin klatschnass sind? Was hast du gegen den Wald?« Sie setzte sich in Bewegung, aber Ole hielt sie am Arm zurück.

»Jetzt warte doch mal. Was ist denn mit den Zecken? Die sind um einiges ekliger als deine Krebse und lassen sich direkt von den Bäumen auf uns drauffallen.«

»Zecken fallen ganz sicher nicht von Bäumen, die wohnen im hohen Gras. Und entweder du kommst mit, oder ich gehe alleine.«

Ole gab sich geschlagen. Mit ein wenig Abstand schlurfte er hinter ihr in Richtung Wald. Dort angekommen musste Katinka feststellen, dass ihr Plan nicht aufging. Am Waldrand waren die Bäume so karg, dass der Regen nahezu ungehindert durch die Äste der Kiefern drang.

»Lass uns noch ein bisschen weiter reingehen«, sagte Katinka und folgte dem Weg, der eher ein sandiger Trampelpfad war. Je tiefer sie in den Wald kamen, desto schmaler wurde der Pfad, und schließlich verschmolz er vollständig mit dem Waldboden. Eine Bank kam nicht in Sicht, die Kiefern wurden auch hier nicht dichter und Katinka bezweifelte langsam, dass es eine gute Idee gewesen war, herzukommen. In der Zwischenzeit hätten sie längst einen Spielplatz oder wenigstens eine überdachte Bushaltestelle finden können.

»Vielleicht hattest du recht«, murmelte sie.

»Mh? Wie bitte? Ich kann dich so schlecht verstehen«, sagte Ole hinter ihr und hielt theatralisch die Hand ans Ohr.

Katinka rollte mit den Augen. Diesen Sieg würde er auskosten, so viel war klar. Sie drehte sich zu ihm um. Aus dem Augenwinkel erahnte sie das Aufflackern eines Lichtscheins zwischen den Bäumen.

»Ich sagte, dass du vermutlich richtigliegst und wir etwas Besseres finden als eine schnöde Parkbank. Dort hinten«, sie deutete zu dem Lichtschein, der sich schwach in der Dunkelheit abzeichnete. »Sieht so aus, als wäre da noch jemand wach.«

Ole packte sie am Arm und hielt sie davon ab, sich auf dem Weg in diese Richtung zu machen. »Bist du bescheuert? Wir wissen doch gar nicht, was für Leute das sind. Am Ende hocken da obdachlose Penner, die ihr Nachtlager auf einer Lichtung aufgeschlagen haben und sich dort die Birne wegballern. Und du willst dich dann gemütlich dazugesellen?«

Katinka machte einen zögerlichen Schritt nach vorne. Da war etwas Wahres dran. Allerdings wollte sie erst recht nicht in den Dünen übernachten, wenn sie damit rechnen musste, dass sich wirklich irgendwelche dunklen Gestalten in unmittelbarer Nähe befanden. Was, wenn die ihr Lager verließen und herumwanderten? Von ihnen im Schlaf am Strand überrascht zu werden, war mit Sicherheit schlimmer, als es jeder Krebs im Ohr sein konnte.

»Ist gut, du hast mich überzeugt.«

»Kluges Mädchen. Deswegen bist du meine Traumfrau.«

»Lass mich nur einmal kurz schauen«, sagte sie und stapfte los, ohne dass er sie aufhalten konnte.

»Und da sagst du immer, ich wäre der Leichtsinnige von uns beiden«, grummelte Ole. Dennoch trottete er hinter ihr her.

»Und gerade weil ich nicht leichtsinnig bin, kundschafte ich aus, mit wem wir es zu tun haben.«

Es dauerte nicht lange, bis sie die Ursache des Feuerscheins aufgespürt hatten. Mit abgebrochenen Ästen getarnt und verborgen hinter einer Gruppe von jungen Tannen stand ein dunkel angestrichener Bauwagen. An den Fenstern waren im Inneren mehrere Kerzen angezündet, ohne deren flackernden Schein der Anhänger selbst im Halbdunkeln vollständig mit der Umgebung verschmolzen wäre.

»Sieh mal einer an«, flüsterte Katinka. »Sieht in meinen Augen nicht nach besoffenen Landstreichern aus, wenn ich ehrlich bin.«

Hinter ihr trippelte Ole von einem Bein aufs andere und zupfte an ihrem Ärmel.

Katinka lehnte sich zu ihm, damit er ihr Flüstern hörte. »Wir machen einen Deal. Du hebst mich ein Stück nach oben, ich linse kurz in eines der Fenster. Wenn da drin niemand ist, der so aussieht, als könnten wir uns kurz bei ihm aufwärmen, dann verschwinden wir hier sofort. Schlafen irgendwo gemütlich und total romantisch am Strand, sobald der Regen nachlässt. Ich erwähne auch mit keinem Wort mehr die Krebse oder Krabben oder Spinnen, die sich dort herumtreiben könnten. Versprochen.«

Anstelle einer Antwort tippte Ole lediglich mit seinem Zeigefinger an die Stirn.

»Bitte«, sagte Katinka etwas lauter. »Wenn du mir nicht hilfst, sehe ich zu, dass ich alleine nach oben komme.«

Er schüttelte vehement den Kopf. Dann nahm er ihre Hand und zog sie in die entgegengesetzte Richtung. Als Katinka nicht nachgab, packte er sie fester und schleifte sie unsanft hinter sich her.

»He ...«

Mehr bekam sie nicht raus. Er legte ihr seine Hand über den Mund und drückte zu. Mit dem anderen Arm umfasste er ihre Hüfte und hob sie hoch. Je heftiger sie sich gegen seinen Griff wehrte, desto enger umklammerte er sie. Unerbittlich schleifte er sie den Weg zurück durch den Wald, bis sie die Dünen erreichten. Dort ließ er sie so plötzlich los, dass sie auf den Boden stürzte. Bedrohlich baute er sich über ihr auf. Mit aller Kraft trat sie aus und traf ihn am Schienbein.

»Bist du total übergeschnappt, du Scheißkerl?«, brüllte sie ihn an. Ihr Kiefer schmerzte von seiner Hand. »Verdammt, du hast mir wehgetan. Was sollte das bitte?«

Ole antwortete nicht. Er stand einfach nur in der Dunkelheit und starrte sie an.

18. Kapitel

»Wege entstehen dadurch, daß man sie geht.«
Franz Kafka

»Alles in Ordnung? Ihr seht mitgenommen aus. Gefällt euch das Zimmer nicht?«, fragte Johanne, die Rühreier mit Tomatenchutney auf dem Tisch abstellte.

Katinka schreckte hoch. Sie hatte gar nicht bemerkt, dass jemand den Raum betreten hatte. Im Gegensatz zu Ole hatte sie in der Nacht nicht viel Schlaf bekommen. Nicht bloß der Ärger darüber, dass Ole im Wald zu weit gegangen war, hatte sie wachgehalten. Der eiskalte Wind und die vom Regen feuchten Klamotten hatten ihr Übriges dazu beigetragen. Ole hatte es wohl weniger ausgemacht, er hatte geschnarcht wie ein Sägewerk. Hier vor den Fenstern im Speisesaal, wo die Morgensonne und die Heizung für eine gemütliche Wärme sorgten, schlug die Müdigkeit mit voller Wucht zu und Katinka döste mit offenen Augen vor sich hin.

Müde blinzelte sie Johanne an, die noch immer am Tisch stand und auf eine Antwort wartete. »Uns geht es gut«, nuschelte sie und zog den Teller mit dem Ei an ihren Platz.

»Sie hat zu wenig Schlaf bekommen«, sagte Ole und grinste dabei verschwörerisch.

»Entschuldigt, es war nicht meine Absicht, indiskret zu sein. Habt ihr alles, was ihr braucht?«

»Von wegen«, sagte Katinka mit vollem Mund. »Uns ist gestern Nacht ein Missgeschick passiert und wir mussten unser Lager auf Strandliegen aufschlagen. Im Gegensatz zu ihm habe ich ein Problem damit, jederzeit an jedem beliebigen Ort zu schlafen.«

»Was ist passiert?«

Katinka schaute verschämt zu Boden. »Ich bin gestern Nacht losgegangen, um Ole zu suchen, und habe dabei dummerweise den Schlüssel auf dem Zimmer liegen lassen. Jedenfalls kamen wir nicht mehr rein und wollten euch auch nicht wecken. Also haben wir uns draußen ein Lager für die Nacht gesucht.«

»Oh«, antwortete Johanne. »Ihr hättet ruhig klingeln können. Nicholas ist immer lang wach. Das hat er noch im Blut aus der Zeit, in der er als Koch gearbeitet hat.«

»Ja, das hat er uns auch gesagt, als er uns heute Morgen die Tür aufgemacht hat. Aber wir wollten unter keinen Umständen unhöflich sein.«

Johanne nickte und ließ die beiden allein.

»Du bist ein Idiot«, flüsterte Katinka Ole zu.

»Ach, du redest wieder mit mir?«

Tatsächlich waren dies die ersten Worte, die sie wechselten, seit Ole ihr eine Erklärung für sein Verhalten schuldig geblieben war. »Eigentlich nicht, solange du es nicht einsiehst, dich für gestern zu entschuldigen und mir zu verraten, was da in dich gefahren ist.«

»Lass doch gut sein«, sagte er und versuchte, sich etwas von dem Ei zu stibitzen. Katinka wehrte seine Gabel mit ihrer ab.

»Ist klar. Du verhältst dich wie ein Idiot und ich soll darüber hinwegsehen. Vergiss es. Ich bin nicht deine Tochter und du hast mich verdammt noch mal nicht wie ein Kleinkind zu behandeln.«

Ole knallte sein Besteck auf den Tisch. »Das sagt genau die Richtige.«

»Im Gegensatz zu dir verhalte ich mich aber wie eine Erwachsene.«

»Herrgott, wenn du es unbedingt hören musst: Es tut mir leid. Ich entschuldige mich ausdrücklich dafür, dass ich dich vor dir selbst beschützen wollte.«

»Deine Ironie kannst du dir sparen«, murmelte sie. Beleidigt schob sie ihm den Teller hin. »Hier, kannst du essen, mir ist der Appetit vergangen.«

»Ich bin nun mal der Meinung, dass es sich nicht gehört, mitten in der Nacht bei wildfremden Menschen durch ein Fenster zu spannen. Die hatten Kerzen angezündet, überleg mal. Vielleicht hat sich ein Pärchen für ein heimliches Schäferstündchen im Bauwagen verabredet. Was würdest du denn sagen, wenn wir miteinander im Bett sind und du jemanden entdeckst, der uns beobachtet? Einen Wildfremden, der mal eben nachschaut, was wir so machen?«

»Woher willst du denn wissen, dass es da ausgerechnet um Sex ging? Vielleicht gibt es dort auch einfach keinen Strom und die Person hätte sich über Gesellschaft gefreut.«

»Ich finde bloß, dass wir uns nicht wie Voyeure verhalten sollten. Dass ich dich so heftig angefasst habe, tut mir wirklich leid, das wollte ich nicht.«

Katinka nickte. Immerhin sah er ein, wo das eigentliche Problem lag. Dass er öfter mal überreagierte, daran hatte sie sich gewöhnt. Doch bisher war er ihr gegenüber nie handgreiflich geworden. Diese Grenze hatte er immer eingehalten, und immer, wenn er merkte, dass er die Kontrolle über sein Verhalten verlor, hatte er sich für eine Weile verabschiedet, um sich irgendwo abzureagieren. Bis gestern.

»Ich glaube, wir vergessen am besten, was passiert ist«, sagte sie schließlich. Sie war zu ausgelaugt, um weiterhin mit ihm über etwas zu streiten, bei dem sie nie auf einen gemeinsamen Nenner kommen würden. »Lass uns nicht mehr drüber reden. Es wird Zeit, dass ich ein wenig Schlaf bekomme.« Sie schob ihren Stuhl zurück und stand auf.

»Bist du mir böse, wenn ich mich für die Zeit verabschiede? Ich habe heute Nacht eigentlich ganz gut geschlafen und bin so gar nicht müde. Ich würde stattdessen ein bisschen die Umgebung erkunden und herausfinden, was es hier zu sehen gibt und wo wir uns später einmieten können. Nur für den Fall, dass Nick es nicht schafft, Lulu zu überzeugen, meine ich. Was hältst du davon?«

Katinka schüttelte erleichtert den Kopf. Nein, sie hatte absolut nichts dagegen. Wenn sie sich zwischen einem Bett für sich alleine und einem zappeligen – weil ausgeschlafenen und gelangweilten – Ole entscheiden müsste, lag ihre Wahl auf der Hand. »Versprich mir, dass du dich nicht in das Gespräch zwischen Nicholas und seiner Schwester einmischst«, sagte sie und verabschiedete sich nach oben, wo sie sich in die Kissenlandschaft kuschelte und sofort einschlief.

Viel zu früh wurde sie von Ole nach einer gefühlten halben Stunde wieder geweckt. Er stand im Zimmer und entledigte sich seiner Schuhe, indem er sie von den Füßen gegen die Badezimmertür kickte.

»Was soll das? Du wolltest mich doch in Ruhe lassen«, murmelte sie und vergrub ihren Kopf unter einem Kissen.

»Jetzt hast du ausgeschlafen«, sagte er grinsend und stieg aus der Jeans. »Wir müssen uns fertig machen. Ich gehe eben duschen, so lange hast du Zeit, aufzuwachen.« Er warf ihr einen Luftkuss zu, kickte ihr mit dem Fuß seine Unterhose entgegen und verschwand im Bad.

Katinka setzte sich auf und massierte mit den Daumen ihre Schläfen. Ihr Kopf brummte und ihr Mund war ausgetrocknet und pappig, als hätte sie eine durchzechte Nacht hinter sich. Nur langsam kamen ihre Gedanken in Schwung.

»Habt ihr denn schon mit Lulu geredet oder warum müssen wir uns so plötzlich fertig machen?«, fragte sie und schwang ihre Beine aus dem Bett.

»Nein, es geht nicht darum, dass wir ausziehen müssen. Mehr verrate ich nicht.«

»Ole, ich bin zu müde für irgendwelche Ratespielchen.«

»Überraschungen funktionieren deshalb so gut, weil der Überraschte vorher von nichts weiß. In etwas mehr als einer Stunde müssen wir fertig vor dem Haus stehen. Das ist alles, was du wissen musst«, rief Ole über das Rauschen des Wassers hinweg.

»Eine Stunde?« Katinka gähnte ausgiebig und dehnte den Rücken. Nach der Wanderung mit dem schweren Rucksack und der Nacht auf der Strandliege empfand sie eine Matratze als puren Luxus. »Da hättest du mich mindestens noch zwanzig Minuten schlafen lassen können.«

Er streckte seinen Kopf hinter der Milchglaswand hervor. »Du hast wohl vergessen, wie lange wir uns jetzt kennen? Sogar drei Stunden könnten bei deinem Tempo im Bad eng werden.«

»Du übertreibst«, sagte sie, obwohl sie sich eingestehen musste, dass er nicht unrecht hatte. »Gib mir wenigstens einen kleinen Tipp. Ich muss doch wissen, ob ich mich in eine Jeans oder in einen Jogginganzug werfen soll.«

»Da du mich so lieb darum bittest: Ich habe mich mit Nick kurzgeschlossen und wir haben uns etwas ausgedacht, um Lulu mir oder uns gegenüber etwas milder zu stimmen. Wir gehen heute Abend alle zusammen schick aus. Im Restaurant von Nicks ehemaligem Chef. Ist wohl so ein Szeneladen nördlich von Kopenhagen. Wir treffen uns heute Nachmittag mit ihr und ihrem Mann in dem Ort.«

»Habt ihr euch das auch wirklich gut überlegt? Vielleicht solltet ihr seiner Schwester ein wenig Zeit geben, sich darauf einzulassen, anstatt gleich auf Konfrontationskurs zu gehen.«

Er stellte das Wasser ab und kam nackt und tropfend auf sie zu. »Ich sehe da kein Problem. So können wir ihr gleich zeigen, dass ich nichts gegen sie habe und außerdem gar nicht so schlimm bin.«

»Im Ernst, Ole, glaubst du wirklich, dass sie dir vor Begeisterung um den Hals fallen wird? Sie wollte dich auf keinen Fall sehen, und jetzt befindest du dich nicht einfach nur am selben Ort, sondern sie ist quasi gezwungen, den ganzen Abend mit dir zu verbringen.«

»Hör doch auf damit, dir meinen Kopf zu zerbrechen. Es ist Jahre her, dass wir uns das letzte Mal gesehen haben. Im Endeffekt kennt sie mich gar nicht als erwachsenen Mann.«

»Da könntest du recht haben«, sagte sie, während sie widerwillig aus dem Bett stieg. »Es gibt da nur ein Problem, das du außer Acht gelassen hast.«

Er schaute sie fragend an.

»Du bist noch gar nicht erwachsen.«

Ole grinste und gab ihr einen Klaps auf den Hintern.

»Ich habe sogar noch eine Überraschung«, verkündete Ole, als Katinka aus der Dusche kam. »Damit wir es nicht gleich übertreiben mit der gemeinsamen Zeit, setzen wir uns ein bisschen ab und besichtigen einen alten Bunkerirrgarten aus dem Zweiten Weltkrieg. Das Ding steht direkt am Strand, einsam und verlassen in den Dünen, und ist frei zugänglich. Was sagst du?«

Katinka wusste nicht, was sie unangenehmer fand: die Vorstellung, den Nachmittag mit einer schlecht gelaunten Schwester zu verbringen oder sich verfallene Bunker anzuschauen. Doch sie kannte Oles morbide Faszination für verfallene Gebäude, insbesondere, wenn es sich dabei um Keller oder andere düstere Orte handelte. Sie rang sich ein Lächeln ab. »Super. Falls das Treffen nicht so gut läuft, können wir Lulu dort einsperren und den Eingang für immer verscharren.«

»Eine hervorragende Idee. Dann kann sie sich für die Ewigkeit mit den Soldatengeistern herumärgern«, antwortete Ole und lachte.

19. Kapitel
1996

»Allein sein bringt nur Strafen.«
Franz Kafka

Zusammengekauert hockte Bastian vor der Tür und wartete darauf, dass Helmut ihn herausließ. Den Tag über waren die Schmerzen in seinem Magen immer heftiger geworden. Ständig hatte er das Gefühl, sich übergeben zu müssen, aber es gab schon längst nichts mehr, das er hätte erbrechen können. Zu den Schmerzen kam der unerträgliche Durst. Sein Mund war so ausgetrocknet, dass jeder Versuch zu schlucken ein Feuer in seinem Rachen entfachte.

Er stand auf und schleppte sich ans Fenster. Außen an der Scheibe liefen Regentropfen in schmalen Rinnsalen nach unten. Gierig betrachtete er ihren Weg und wünschte sich, er hätte eine Möglichkeit, daranzukommen. Er hauchte gegen das Glas, immer wieder, bis sich feine Tröpfchen von der Atemluft bildeten, die er ableckte. Nicht unbedingt genug, um den Durst zu stillen, aber doch ausreichend, um das Kratzen im Hals zu lindern und zu verhindern, dass die Zunge weiter am Gaumen klebte. Nachdem er den Vorgang mehrere Male wiederholt hatte, wurde ihm schwindelig.

Er lehnte die Stirn an die kühle Scheibe und starrte in den Garten. Das Fenster konnte er nicht öffnen, es war wie gewohnt abgeschlossen. Obwohl sein Zimmer im ersten Stock lag, wäre er in diesem Moment vermutlich gesprungen, um zu entkommen.

Draußen war es mittlerweile dunkel geworden und das flackernde Licht des Fernsehers aus dem Wohnzimmer tanzte über den verdorrten Rasen. Im Haus war es ruhig, nur das Schnarchen des Pflegevaters war zu hören. Bastian wusste genau, was das für ihn zu bedeuten hatte. Sie hatten ihn vergessen. Die Hoffnung auf ein Stück Brot oder wenigstens ein Glas Wasser musste er für heute aufgeben. Verzweiflung stieg in ihm hoch. Was, wenn sie ihn dieses Mal für immer in dem Raum einsperren würden? Wenn sie die Tür einfach verschlossen ließen und vergaßen, dass er hier drin war?

Ihm blieb nur eine Chance. Sie war winzig, doch er hatte keine andere Wahl. Er ging zurück zur Tür, um daran zu lauschen. Wenn Margit nach oben kam, würde er sie zu sich rufen und anflehen, ihm eine Scheibe Brot und ein Glas Wasser zu bringen. Manchmal zeigte sie Mitleid mit ihm. Selten und nur dann, wenn ihre Laune es zuließ und Helmut bereits im Bett war. Oder zu betrunken, um noch etwas von seiner Umgebung mitzubekommen. Bastian musste nur ganz genau aufpassen, damit er sie nicht verpasste und um außerdem sicherzugehen, dass Helmut noch immer im Wohnzimmer schnarchte.

Die Ohrmuschel auf das raue Holz der Zimmertür gepresst, harrte er aus, bis er irgendwann erschöpft eindöste. Ein Geräusch von draußen schreckte ihn auf. Er rieb sich über die Augen und lauschte. Dann hörte er es noch mal. Enttäuschung machte sich in ihm breit. Es war nur das Schnarchen von Helmut, das durch die nächtliche Ruhe im Haus hallte.

Der Pflegevater war mal wieder so betrunken, dass er es vermutlich nicht ins Bett geschafft hatte und auf dem Sofa eingeschlafen war. Margit hatte Bastian vermutlich verpasst. Mist.

Doch dann hörte er noch etwas anderes. Die dritte Stufe von oben. Sie war morsch und gab ein durchdringendes Knarren von sich. Damals, als er das erste Mal im Dunkeln daraufgetreten war, hatte er sich zu Tode erschreckt. Das Ächzen des Holzes hatte geklungen, als würde ein Geist aus dem Jenseits stöhnen. Seitdem kannte er sie genau und stieg zur Sicherheit immer darüber, wenn er sich nachts aus dem Zimmer stahl, um sich noch etwas zu essen aus dem Kühlschrank oder ein Glas Leitungswasser zu holen.

Er war sich ganz sicher. Irgendjemand schlich sich gerade nach oben. Jemand, der nicht wusste, wo man das Gewicht aufsetzen musste, um sich lautlos durchs Haus zu bewegen. Aufgeregt hielt er den Atem an. Sein Herz raste. Er hörte ein leises Klacken. Dann ein Flüstern. Lulu.

»… sie dich erwischen, bist du … sollten uns raushalten.« Er verstand nur Bruchstücke von dem, was sie sagte. Nick war weniger darauf bedacht, seine Anwesenheit zu verheimlichen. »Er soll aber was essen. Ich hab es extra beim Abendbrot versteckt für ihn«, flüsterte er.

»Wir dürfen uns nicht einmischen, wenn er eine Strafe bekommt. Lass uns schnell verschwinden, bevor uns jemand entdeckt.« Lulu sprach jetzt ebenfalls lauter. Ihre Stimme hatte einen mütterlichen Ton angenommen.

»Du kannst ja gehen. Ich gebe ihm nur das Brot und komme sofort zu dir ins Zimmer.«

»Aber … sie wird dich erwischen.«

»Mir egal«, beharrte Nick. Lulu antwortete nichts und auch von Nick war kein Ton mehr zu hören. Eine Ewigkeit lang blieb es still. Bastian ließ enttäuscht den Kopf hängen. Anscheinend waren sie gegangen. Dann drehte sich der

Schlüssel langsam im Schloss herum.

Eilig rutschte er auf dem Hintern von der Tür weg. Jetzt musste es schnell gehen. Auf keinen Fall durften sie sich erwischen lassen. Schon jetzt hielt sich Lulu lieber raus. Wenn Nick wegen ihm eine Strafe bekam oder sogar sie mit reingezogen wurde, hätte er sie endgültig gegen sich aufgebracht. Sie fand, dass nur echte Geschwister zusammenhalten mussten. Wenn es hart auf hart kam, hatte Bastian keinen Verbündeten. Nur wenn die Pflegeeltern es nicht mitbekamen, stellte sich Nick auch mal auf seine Seite.

Ganz langsam öffnete sich die Tür. Eine Hand mit einem Glas und einer Scheibe Brot darauf schob sich um die Ecke. Bastian griff danach. Gierig. Beinahe konnte er das Wasser schon auf seiner Zunge spüren.

»Danke«, flüsterte er.

»Wo zum Teufel is dein Bruder?« Die Pflegemutter. Sie lallte.

Vor Panik gab er der Tür einen Schubs. Die Hand seines Pflegebruders steckte noch dazwischen und wurde eingequetscht. Zum Glück. So dämpfte sie das Geräusch, das die Tür andernfalls von sich gegeben hätte.

Von draußen ertönte ein ersticktes Schnaufen.

»Entschuldige«, sagte er, dann wurde die Tür leise ins Schloss gezogen.

Nicks eilige Schritte entfernten sich in Richtung Bad. Den Schlüssel hatte er nicht wieder herumgedreht.

Lieber Gott, wenn es dich wirklich gibt, dann mach, dass er nicht erwischt wird, dachte Bastian und trank gierig das Wasser in einem Zug aus.

20. Kapitel
2014

> »Daß ich vor keiner Demütigung zurückschrecke, kann ebenso gut Hoffnungslosigkeit bedeuten als Hoffnung geben.«
>
> *Franz Kafka*

Die Sonne stand hoch am Himmel und brannte mit voller Kraft hinab. Ole lehnte mit der Schulter an der Hauswand und fächerte sich mit der Hand etwas Luft zu. Hätte er es nicht besser gewusst, er hätte geglaubt, es sei eher Ende Juli statt September. Nervös schaute er auf die Uhr. Mittlerweile war er sich nicht mehr sicher, ob er Lulu auf dem Ausflug davon überzeugen konnte, dass sie ein falsches Bild von ihm hatte. Katinka lag vermutlich richtig. Nicholas' Schwester würde sich bedrängt fühlen und erst recht auf Konfrontationskurs gehen.

»Zehn Minuten, dann geht es los«, sagte Nicholas, der aus der Haustür kam. In der Hand hatte er ein großes Schneidbrett aus Holz. Er zwinkerte fröhlich, als er an Ole vorbeiging. »Deine bessere Hälfte braucht wohl noch ein bisschen? Das kennt man ja. Johanne ist auch noch mal schnell ins Bad. All die Arbeit dafür, dass man im Endeffekt kaum einen Unterschied sieht, was meinst du?«

»Wo willst du mit den Broten hin?«, fragte Ole und begutachtete hungrig die Baguettescheiben, die sich auf dem Brett stapelten. Seit dem Frühstück hatte er nichts gegessen und bei dem Anblick der mit Tomate und Mozzarella belegten Brote knurrte sein Magen.

»Die kommen weg. Sind von gestern Mittag übrig und standen die ganze Zeit über in der Küche. Ein Wunder, dass der Käse nicht schon von alleine zur Tonne läuft.«

Ole streckte die Hand nach dem Brettchen aus. Nicholas wich einen Schritt vor ihm zurück und hob das Brett zur Seite weg.

»Bevor du sie wegwirfst, kann ich mir wohl eines davon nehmen.«

»Nein«, sagte Nicholas bestimmt. Er drängte sich an Ole vorbei zur Mülltonne, öffnete den Deckel und schüttete die Reste hinein.

»Vielen Dank auch, sehr freundlich von dir«, murmelte Ole.

»Es gibt später noch genug zu essen. Außerdem solltest du es nicht riskieren, dir den Magen zu verderben. Ich hab drin noch einen Apfel, wenn du solchen Hunger hast«, sagte er und ließ ihn draußen stehen.

»Was hast du mir überhaupt zu sagen!«, rief Ole ihm hinterher, doch Nicholas reagierte nicht. »Einen Apfel. Ich bin doch kein Pferd.«

Unauffällig ging er in Richtung der Mülltonnen. Mit einer schnellen Bewegung öffnete er den Deckel und schielte hinein. Die Brote lagen auf einem Haufen frisch gemähtem Gras. Ganz obenauf, wie für ihn bereitgelegt und ohne offensichtliche Spuren von Kompost, befand sich jenes, auf das er bereits ein Auge geworfen hatte. Lediglich eine Scheibe von dem Mozzarella war heruntergefallen. Verstohlen blickte er sich um und griff sich das Baguette. Bevor ihn jemand entdeckte, stopfte er es sich in den Mund. Mühsam kaute er darauf herum und schluckte es schließlich runter. Das Brot war zäh, die Tomate wässrig und der Mozzarella geschmacklos. Nicholas hatte recht gehabt. Er hätte sich auf den Apfel einlassen sollen.

Auch zwei Stunden später, als sie gemeinsam in der Gartenanlage der Villa Rex auf der Wiese saßen, ärgerte er sich noch über seine mangelnde Selbstbeherrschung. Die beiden Frauen hatten sich mittlerweile angefreundet und stießen mit Crémant an, während sie auf Lulu und ihren Mann warteten. Ole rutschte hin und her und versuchte vergeblich, eine bequeme Position zu finden. Nicht nur das vergammelte Brot, sondern auch die Aufregung machte sich in seinem Magen bemerkbar. Immer wieder schüttelten ihn Krämpfe und er musste sich zusammenreißen, seinen Blähungen nicht einfach freien Lauf zu lassen.

»Es ist wirklich beeindruckend«, sagte Katinka und tastete nach Oles Hand. Widerwillig rutschte er ein Stück näher zu ihr. »Ich bin froh, dass du mich überzeugt hast, hierherzukommen.«

»Ja, nicht wahr? Hier muss Lulu einfach eine positive Grundstimmung bekommen«, entgegnete Ole und kniff die Hinterbacken zusammen. Der nächste Luftschwall braute sich in ihm zusammen und rumorte in seinem Bauch.

»Wenn das Essen nur halb so gut ist wie die Kulisse …«

»Das ist ein Ort mit Geschichte«, sagte Johanne und deutete auf das imposante Herrenhaus. »Einer royalen Geschichte, um genau zu sein. Im neunzehnten Jahrhundert war es die Sommerresidenz des damaligen dänischen Königs. Nach seinem Tod ging die Villa in den Besitz eines wohlhabenden Psychiaters über, der sie umbauen ließ und ein privates Sanatorium daraus machte.«

Ole horchte auf. Eine solche Geschichte hatte er hinter dem Anwesen nicht vermutet. »So richtig für Verrückte? Ein

Asylum, wie in American Horror Story, mit einem reichen Arzt, der Experimente an den geisteskranken Insassen durchführt?«

Katinka warf ihm einen finsteren Blick zu.

»Nein, er war zwar Psychiater, aber es ging bei den Insassen, wie du sie nennst, um die Behandlung von Essstörungen und Fettleibigkeit. Deswegen auch der Name Badesanatorium. Die Therapie bestand hauptsächlich aus Sport und einer psychiatrischen Betreuung zur Überwindung der Störung. Außerdem machte er die Anstalt als Petersilien-Palast bekannt, da er der Erste war, der den Patienten eine rein vegetarische Küche servierte. Weil er keinerlei Nachkommen hatte, ging das Haus nach seinem Tod an die Stadt, die daraus ein Kurhotel machte.«

»Ah, toll.« Ole stand auf. Er musste seinem Bauch dringend Erleichterung verschaffen, und zusammengekrümmt auf dem Rasen zu sitzen war mit den Blähungen unerträglich. »Müssen wir davon ausgehen, dass unser Abendessen fleischlos wird? Wenn das Ding schon Petersilien-Palast heißt …«

»Es wird dich sicher nicht umbringen, wenn du mal einen Tag kein totes Tier in dich hineinstopfst«, sagte Katinka.

»Also, erstens heißt es schon lange nicht mehr so«, mischte Nicholas ein. »Das Sanatorium ist Geschichte, hier darf jeder essen, was und wie viel er will. Außerdem befindet sich das Restaurant in einem Nebenflügel der Villa und wird unabhängig von dem Hotel betrieben. Frederik ist spezialisiert auf die neue dänische Küche. Euch erwartet ein ganz besonderer Abend, das garantiere ich.«

»Klingt für mich nach Neuer Deutscher Welle«, sagte Ole und lachte. Wenn das Essen so schmeckte, wie die Musik aus den Achtzigern klang, hatte er wenig Hoffnung auf einen schönen Abend. Als Nicholas davon zu schwärmen begann, dass diese Küche vor allem darin bestand, Naturmaterialien wie Holz oder Gräser in die verschiedenen Speisen einzubauen, verabschiedete er sich. Er brauchte dringend eine Toilette.

Er war froh, sich nicht das Gerede über die verschiedenen Zubereitungsarten von Moos anhören zu müssen, und so blieb er ein wenig länger als nötig in der Kabine. Erst als seine Beine eingeschlafen waren, überwand er sich aufzustehen, um zu den anderen zurückzukehren. Noch immer auf sein Handyspiel konzentriert, trat er in den Waschraum und rempelte gegen einen Mann, der mitten im Weg stand.

»Entschuldigung«, murmelte er und wollte an ihm vorbeigehen, um sich die Hände zu waschen.

»Na also, hab ich mir doch gedacht, dass ich dich hier finde. Die da draußen vermissen dich«, sagte der Mann.

Erstaunt blickte Ole auf und erkannte Hendrik. Verwirrt versuchte er, ihn diesem Ort zuzuordnen. »Was meinst du?«, fragte er.

Hendrik lachte. »Du hast wirklich nicht durchgeblickt, dass sie es ist, oder? Und sie hat dich schon verdächtigt, dass du sie stalkst. Richtige Paranoia hat sie geschoben. Wegen des anderen Namens und so, Heimlichtuerei, du verstehst?«

»Ich verstehe ehrlich gesagt nur Bahnhof. Was machst du hier?«

»Oh Mann, Kumpel. Malou, meine Frau? Du stehst echt auf dem Schlauch. Was denkst du, warum sie so wenig begeistert von eurer Idee war, noch einige Tage länger zu bleiben?«

Eine Welle der Hitze breitete sich in ihm aus. »Malou ist … Ach du Scheiße, bin ich bescheuert.« Am liebsten hätte er sich mit der Hand gegen den Kopf geschlagen. Wie hatte er sie nicht erkennen können? Es war wohl einfach doch zu viel Zeit vergangen, seit er sie das letzte Mal gesehen hatte. Aber noch viel interessanter: Weshalb hatte sie nichts gesagt? Wo sie ihn sehr wohl erkannt hatte. »Und du wusstest die ganze Zeit, wer ich bin?«, fragte er.

»Quatsch, glaubst du, ich hätte keinen Ton gesagt, als wir in Christiania waren? Sie hat es mir erst erzählt, als ihr schon längst weg wart. Irgendwann hatte sie sich so weit in den Gedanken reingesteigert, dass du etwas im Schilde führst, und hat beschlossen, die Kinder für das Wochenende zu meinen Eltern zu bringen und ebenfalls nach Ladeplads zu fahren. Keine Ahnung, was mit ihr los ist.« Er zwinkerte fröhlich und gab Ole einen freundschaftlichen Klaps auf die Schulter.

Ole rieb sich über die Augen. Das war also der Grund, warum Malou Nicholas besuchte. Es ging alleine um Ole und ihre Abneigung gegen ihn. Wie konnte sie nur so hinterhältig sein? Nach Jahren der Funkstille hatte er sich endlich überwunden, bei Nicholas anzurufen und ihn um ein Treffen zu bitten. Er gehörte zu seinem Leben, zu seiner Familie, obwohl sie nur zwei Jahre als Brüder in der gleichen Pflegefamilie miteinander verbracht hatten. Warum musste Lulu sich einmischen und versuchen, alles zu zerstören? Nicholas hatte schon als Kind nach ihrer Pfeife getanzt. Er hatte sie angehimmelt, als wäre sie eine Art Ersatzmutter für ihn. Und auch jetzt hatte sie es beinahe wieder geschafft, ein Treffen der beiden zu verhindern.

Mit einem Mal packte Ole eine unbeschreibliche Wut. »Ganz großes Kino, was sie da abzieht. Aber keine Sorge, ihr seid mich los, ich fahre einfach zurück. Ich habe es nicht nötig, mich aufzudrängen«, blaffte er Hendrik an und stürmte nach draußen.

»Kumpel, ich hab kein Problem mit dir. Das hast du in den falschen Hals bekommen. Malou kann ein Miststück sein, ein liebenswertes, aber wenn man ihr nicht Paroli bietet, dann wird man von ihr untergebuttert.«

Ole winkte ab. Es war sinnlos, sich mit ihr zu messen. Er hatte keine Chance, Nicholas würde sich ohne Zweifel in jeder Situation für sie entscheiden. Er hatte nicht den Mut, seine Meinung gegenüber seiner Schwester zu vertreten. Stattdessen hechelte er ihr hinterher wie ein kleines Hündchen. Ole hingegen hatte ständig das Nachsehen gehabt. Er war es leid, um die Zuneigung der beiden zu kämpfen.

Das Blut hinter Oles Schläfen pochte und er atmete tief durch, um Hendrik nicht anzuschreien. Hendrik hatte recht, es war nicht seine Schuld. Er war kein schlechter Kerl, Lulu hatte ihn nur in ihr Spielchen mit hineingezogen.

»Alles in Ordnung«, sagte er und hob beschwichtigend die Hände. »Könntest du mir einen Gefallen tun und mich bei den anderen entschuldigen? Ich brauche jetzt einen Moment zum Abreagieren.«

21. Kapitel

»Die Sirenen haben jedoch eine noch schrecklichere Waffe als das Lied: Ihr Schweigen.«
Franz Kafka

»Du musst wohl zugeben, dass dieses Verhalten kindisch ist!«, schnaubte Ole, während er den Weg zu den Dünen entlangstürmte. »Ihrem Bruder einen Kontrollbesuch abzustatten und mich dabei zu verjagen. Das ist einfach hinterhältig und Scheiße.«

Katinka nickte. Oles Reaktion darauf war nicht unbedingt erwachsener, doch sie würde sich hüten, ihm das zu sagen. Er war so angespannt, dass jedes Wort zu viel ihn zum Explodieren bringen konnte. »Schon komisch, dass sie nichts gesagt hat. Wobei du einsehen musst, dass es für sie seltsam rübergekommen sein muss, als du plötzlich vor ihrer Tür standest. Wie groß ist die Chance, dass man unter allen Couchsurfern ausgerechnet bei jemandem landet, den man kennt und der einen nicht leiden kann?«

Abrupt blieb Ole vor ihr auf dem schmalen Weg stehen, sodass sie gegen seine Schulter prallte. »Was willst du damit sagen?«, fragte er. »Dass ich absichtlich nach Malou gesucht habe? Das lief alles über Hendrik, und den habe ich vorher noch nie gesehen. Ich bin doch kein Hellseher und erst recht kein Stalker. Wenn du so von mir denkst, kannst du dich gerne mit ihr zusammentun.«

Katinka streichelte ihm beruhigend über den Rücken. »Das denke ich doch nicht. Aber komisch ist es doch wohl, wie das Leben einem manchmal so mitspielt.«

»Komisch ist was anderes, ich würde es eher beschissen nennen«, sagte Ole, der sich wieder in Bewegung gesetzt hatte.

»Sieh es einfach als Chance. Oder als Herausforderung, wie du willst. Vielleicht ist das die Gelegenheit, dass ihr euch endlich aussprechen könnt. Ihr seid immerhin so etwas wie eine Familie.«

»Darauf scheiße ich, ganz ehrlich. Ich will gar nicht mehr länger bei Nicholas bleiben oder sie davon überzeugen, dass man mit mir klarkommen kann. Ihre Aktion war einfach hinterhältig, und wenn Nicholas das nicht erkennt, kann auch er mir gestohlen bleiben. »

»Was heißt das jetzt?«

»Das heißt, ich blase die Aktion *Schleimen bei Lulu* ab. Wir suchen uns morgen eine andere Unterkunft.«

Katinka nickte. Ihm in seiner jetzigen Verfassung zu widersprechen, machte keinen Sinn. Es würde ihn nur noch mehr aufregen.

Ole blieb auf der Düne stehen und seufzte. Vor ihnen tat sich der Strandabschnitt mit den Bunkern auf. Vor dem tiefblauen Horizont erhoben sich, verteilt auf mehrere Hundert Meter, etwa ein Dutzend wuchtige Betonklötze. Von denen, die sich in Dünennähe befanden, ragten nur noch die Spitzen aus dem hellen Sand. Schilfgras wuchs an den Seiten empor. Andere waren von Künstlern mit Graffiti verziert worden und leuchteten in bunten Farben. Einige der Betonfestungen standen so nahe am Meer, dass sich die Wellen an ihren Außenwänden brachen und langsam den Zement wegfraßen.

»Phänomenal, dieser Anblick«, sagte Katinka ehrfürchtig. »Ich hätte nie erwartet, dass Kriegshinterlassenschaften so beeindruckend sein können.«

Ole reagierte nicht auf sie. Vermutlich hatte er sie nicht mal gehört. Er war bereits damit beschäftigt, eine der verrosteten Eisentüren aufzustemmen und sich so einen Weg ins Innere des Luftschutzbunkers zu bahnen.

»Was machst du da?«, rief sie ihm zu. Sie bezweifelte, dass es Touristen erlaubt war, die Bunker ohne eine Führung zu betreten.

»Wonach sieht es denn aus?«

»Ich finde, du solltest das lassen. Du weißt doch gar nicht, ob man dort einfach reinspazieren darf.«

»Warum glaubst du, das wäre verboten? In manchen Orten wurden sie von Kulturvereinen sogar zu Museen aufgearbeitet. Es handelt sich dabei um Kulturgut und ich bin nicht hergekommen, um mir Betonwände von außen anzusehen. Das kann ich auch bei uns in den Kasernen.«

Unruhig trat Katinka von einem Bein aufs andere und überprüfte die Umgebung auf ungebetene Zuschauer. »Komm schon, Ole. Wer sagt denn, dass die Dinger sicher sind? Die stehen seit siebzig und mehr Jahren am Strand herum und sind Wind und Wetter ausgesetzt. Dazu kommt das Salzwasser. Wer weiß, was wir da drin finden.«

»Das ist ja gerade das Interessante dabei«, sagte Ole und setzte seine Arbeit fort.

Ein entsetzliches Kreischen zerfetzte die Stille. Katinka machte einen Satz von Ole weg. Seine Bemühungen wurden endlich belohnt und die Tür gab schwerfällig nach. Der massive Stahl schleifte dabei über den Sand, der sich im Laufe der Zeit auf dem Betonboden angesammelt hatte, und verursachte das nervenzerfetzende Geräusch.

Nachdem er es geschafft hatte, den Eingang freizulegen,

drehte Ole sich zu ihr um und grinste zufrieden. »Ach, daher weht der Wind. Du hast Schiss. Wenn du die Hosen voll hast, kannst du auch gerne hier draußen warten. Ich jedenfalls schaue mich da drinnen ein bisschen um.«

Mit diesen Worten verschwand er in die Dunkelheit des Bunkers.

Katinka folgte ihm zögernd. Zum ersten Mal, seit er von Malous Bestrebungen gegen ihn erfahren hatte, war seine Laune wieder auf ein erträgliches Maß angestiegen. Wenn ein verlassener Betonklotz dafür sorgte, dass dieser Trend anhielt, dann sollte es wohl so sein. »Warte auf mich«, sagte sie und stieg ihm hinterher.

Auf den ersten Metern half ihr das Tageslicht, das durch die Tür fiel, sich zurechtzufinden. Der Boden stand stellenweise unter Wasser und war mit Schlamm bedeckt, die Wände waren mit Moos oder Algen überwuchert und an der Decke rosteten Eisenstreben vor sich hin. Nach wenigen Schritten konnte sie kaum noch die Hand vor den Augen erkennen. Die Temperatur war deutlich niedriger und die Luft war feucht und roch modrig.

Katinka wühlte in ihrer Handtasche nach dem Handy, um sich damit den Weg zu leuchten. Das kreischende Geräusch der Tür ertönte wieder, und hinter ihr fiel die Stahltür des Bunkers mit einem lauten Krachen ins Schloss. Sie fuhr herum und erkannte nichts als tiefschwarze Dunkelheit.

»Ole«, rief sie. Ihre Stimme zitterte und ihr Herz raste. Vor Schreck hatte sie die Tasche fallen lassen. Blind tastete sie auf dem Boden danach.

»Komm schon, das ist kein Spaß. Wo bist du?«, versuchte sie es erneut.

Keine Antwort.

Hatte er die Tür zugeworfen? Was, wenn er wieder nach draußen gegangen war, weil er glaubte, sie sei ihm nicht hinterhergekommen? War es möglich, dass sie hier drinnen aneinander vorbeigelaufen waren, ohne es zu merken?

»Ole«, kreischte sie. »Es reicht!«

»Wer ist Ole?« Die tiefe Stimme hallte an den kahlen Wänden wider. In der Dunkelheit klang sie bedrohlich und fremd.

Sie drehte sich um. Überall um sie herum nur Finsternis.

»Das ist kein Spaß mehr, hör auf damit.«

»Wer ist Ole?«, wiederholte er seine Frage. Die Stimme kam näher.

Panisch kroch sie auf dem Boden umher. Sie musste ihre Tasche finden. Dumpfe Schritte kamen auf sie zu. Katinka wurde immer hektischer, verlor die Orientierung.

Endlich ertastete sie etwas. Doch es war keine Tasche. Sie hielt den Atem an. Ihre Finger berührten einen Schuh.

22. Kapitel

»Auf jeden Fall gibt es Möglichkeiten für mich,
aber unter welchem Stein sind sie verborgen?«
Franz Kafka

Beatrice hockte auf dem Boden und wippte im Takt des tropfenden Wassers vor und zurück. Ihr Körper verlangte nach Essen und der Durst war unerträglich. Dennoch verbot sie sich, an die Vorräte zu gehen. Die spärliche Verpflegung, die er ihr dagelassen hatte, ging trotz ihrer Sparsamkeit langsam zur Neige, vom Wasser war nur noch ein winziger Schluck über. Bevor ihr das Essen ausging und ihre Kräfte sie vollständig verließen, musste sie versuchen, aus diesem Loch rauszukommen. Die Angst davor, hier unten zu verhungern, war weitaus grausamer als die Vorstellung, ihrem Peiniger auf der Flucht in die Arme zu rennen. Sie musste irgendwie die Tür aufbrechen.

Auf der Suche nach einer Möglichkeit erinnerte sie sich an einen Vorfall. Vor etlichen Jahren in ihrer ersten eigenen Wohnung hatte sie einmal ihren Schlüssel vergessen. Ins Haus war sie noch dank der Nachbarn gekommen, doch dann hatte sie vor ihrer verschlossenen Wohnungstür gestanden. Zunächst hatte sie es mit Kartentricks aus dem Internet versucht, danach mit Draht, den sie ins Schlüsselloch einführte. Nichts hatte geholfen. Da sie als Studentin nicht annähernd das Geld für einen Schlüsseldienst hätte aufbringen können, war sie schließlich rabiater geworden. Mit Gewalt hatte sie an die Tür gedrückt und festgestellt, dass diese im Bereich des Türschlosses ein gewisses Spiel hatte. Also hatte sie mehrere gezielte Tritte an die Stelle direkt unterhalb des Schließblattes gewagt. Beim dritten Anlauf war das Holz des Türrahmens gesplittert und hatte den Weg in ihre Wohnung freigegeben.

Wie auch bei ihrer alten Wohnung war der Türrahmen hier ebenfalls aus Holz und die Tür ging nach außen auf. Demnach hatte sie die besten Voraussetzungen. Blind tastete sie sich an der Steinwand entlang, bis sie das raue Holz der Tür unter ihren Fingern spürte. Auf den Knien befühlte sie die Ränder der Tür, drückte in den Ecken dagegen. Dann legte sie sich auf den Rücken und versuchte, die Tür mit ihren Füßen wenigstens ein kleines bisschen zu bewegen.

Das Holz zeigte ihr keine Schwachstelle auf.

Noch immer auf dem Rücken liegend zielte sie mit dem Fuß auf die Stelle, an der sie die Türklinke vermutete, und trat zu. Mit voller Wucht prallte ihre Fußsohle auf den Griff und rutschte ab. Beatrice schrie auf. Es tat gut, die Energie rauszulassen. Sie schrie erneut, brüllte die gesamte aufgestaute Frustration hinaus. In diesem Moment setzte ihr Verstand aus und sie trat wild um sich. Unaufhörlich rammte sie ihre Füße gegen die Tür und wälzte sich herum wie ein kleines Kind. Tränen liefen ihre Wangen hinunter, ihre Hände krallten sich in den sandigen Boden.

Sie hielt erst inne, als sie meinte, ein hohles Knacken vernommen zu haben. Von der Anstrengung noch immer heftig atmend setzte sie sich auf und drückte mit den Händen gegen die Tür. Tatsächlich bildete sich ein schmaler Schlitz, den sie mit den Fingern ertasten konnte. Anscheinend war das Holz des Türrahmens bereits gesplittert. Nach zwei weiteren, gezielteren

Tritten hatte sie das Schließblech gelöst.

Nur kurz blitzte etwas Licht durch die Lücke, dann federte die Tür zurück in ihre ursprüngliche Position und versperrte ihr den Ausgang. Irgendwas musste sie auf der anderen Seite blockieren. Außer Atem ging sie in die Hocke und befühlte vorsichtig den schmerzenden Fuß. Als sie wieder einigermaßen Luft bekam, schob sie die linke Hand zwischen Tür und Rahmen. Mit der rechten Schulter lehnte sie sich so dagegen, dass ihre Finger nicht in der entstehenden Lücke eingequetscht wurden. Nur wenige Zentimeter hinter dem Türblatt stießen ihre Fingerspitzen auf einen Widerstand. Sie hatte richtiggelegen, etwas blockierte den Ausgang. Vermutlich ein Schrank, den er vor die Tür geschoben hatte.

Doch sie war so kurz vor dem Ziel, sie durfte jetzt nicht aufgeben. Sie nahm all ihre Kraft zusammen und schob, die Fußsohlen fest in den Boden gestemmt, ihren Körper nach vorne. Irgendwann hörte sie von draußen ein schleifendes Geräusch und es bildete sich eine Lücke, in die sie ihr Bein quetschte. Nun drückte sie mit der Hüfte dagegen und erzeugte mit ihrem Oberschenkel eine Art Hebelwirkung. Die Methode führte sehr viel schneller zu Erfolg. Mit einem Ruck gab das Hindernis nach und kippte polternd um. Beatrice zitterte vor Anstrengung.

Ungläubig starrte sie ins Halbdunkle, das sich vor ihr auftat. Das wenige Licht fiel durch ein vergittertes Fenster zu ihrer Linken. Hatte sie es tatsächlich geschafft? Ihr Herz machte einen Satz, als wäre sie bereits frei. Der Geruch von Erde, Fäulnis und vergorenem Obst schlug ihr entgegen. Er musste aus den Säcken voller Unrat stammen. Überall an den Wänden des zweiten Kellers stapelten sie sich, teilweise ragten die Müllberge bis an die Decke. Dazwischen morsche und von Holzwürmern zerfressene Fässer, verrostete Gartengeräte und Werkzeug.

Vorsichtig betrat sie den Keller. Mit den Armen bedeckte

sie ihre Blöße, auch wenn es unwahrscheinlich war, dass sich außer ihr noch jemand dort befand. Suchend schaute sie sich in dem Raum um. Die Leiter, er hatte die Leiter weggenommen. Natürlich. Wie hatte sie nur so dumm sein können, zu hoffen, dass er sie einfach hinausspazieren lassen würde? Voller Bitterkeit starrte sie die Klappe in der Decke gut zwei Meter über ihr an.

»Du wirst mich nicht aufhalten«, sagte sie und schnappte sich den ersten Müllsack.

23. Kapitel

»Nicht verzweifeln. Auch darüber nicht, daß du nicht verzweifelst.«
Franz Kafka

Ole zupfte frustriert an einem kleinen Faden herum, der sich aus der Naht der Tischdecke gelöst hatte. Immer wieder schaute er rüber zu Katinka, die ihn seit dem misslungenen Scherz im Bunker weitgehend ignorierte. Damit befand sie sich in bester Gesellschaft. Auch Lulu tat so, als wäre er nicht anwesend. Insgeheim hatte er gehofft, dass sie ihm wenigstens etwas Entgegenkommen zeigen würde und sie doch noch eine erfolgreiche Familienzusammenführung hätten. Mittlerweile hatte er diese Hoffnung aufgegeben. Auch die VIP-Lounge, die Nicholas' ehemaliger Chef für sie reserviert hatte, würde den Abend nicht mehr retten. Zumindest nicht in seinen Augen.

Die Unterhaltung am Tisch war in vollem Gange. Um ihn kümmerte sich niemand. Es war ein Wunder, dass sie nicht in seinem Beisein über all seine schlechten Angewohnheiten lästerten. Zum Glück brachten zwei adrette Kellnerinnen die Karten und unterbrachen damit die Unterhaltung. Dankbar griff Ole danach. Endlich etwas, hinter dem er sich verstecken konnte. Die Gerichte waren auf Englisch und Dänisch beschrieben.

Preise wurden keine genannt. Er tippte Katinka mit dem Fuß an, um ihre Aufmerksamkeit zu erregen. Sie ignorierte ihn.

»Wo findet man denn, was das alles kosten soll?«, erkundigte er sich, als sie auch nach dem dritten Versuch nicht reagierte.

Katinka räusperte sich und lächelte beschämt in die Runde. Dann sagte sie: »In einer Location wie dieser achtet man nicht auf den Preis.«

»Bitte vergesst für den Moment das Geld. Ich schlage vor, ich stelle uns ein Menü für heute Abend zusammen und ihr lasst euch überraschen«, mischte sich Nicholas ein. »Schließlich weiß ich genau, was man auf keinen Fall verpassen sollte, wenn man schon mal in den Genuss von Frederiks Kochkunst kommt.«

»Ich soll mich also von dir aushalten lassen? Ganz bestimmt nicht«, murmelte Ole und kassierte dafür einen Tritt gegen das Schienbein. Er warf Katinka einen strafenden Blick zu. Ole, der Schmarotzer, der vorbeikommt und sich durchschnorrt. Noch müheloser konnte er Malous Vorurteile kaum bestätigen.

Nicholas ließ jedoch keine Widerrede gelten und bestellte für die gesamte Gruppe drei Gänge und dazu jeweils den passenden Wein. Während die anderen miteinander anstießen und Katinka sich gut gelaunt an den Gesprächen beteiligte, saß Ole schweigsam am Rande. Er fühlte sich ausgegrenzt, ja sogar gemieden, da keiner der anderen sich für ihn zu interessieren schien. Am liebsten wäre er aufgestanden und gegangen.

Als die Vorspeise serviert wurde, verging ihm endgültig der Appetit. Roher Fisch. Pfui Teufel. Auch wenn man es *Lachscarpaccio mit Moospesto* nannte, es blieb ungekochter toter Fisch. Und was bitte sollte dieses Moospesto? Er war kein Wildschwein, weshalb also sollte er das essen? Katinka nahm mit Freude seine Portion und niemandem schien in den Sinn zu kommen, ihm eine Alternative anzubieten. Tolles Sternerestaurant war das hier. Nachdem ihn den ganzen Nachmittag Blähungen geplagt hatten, musste er sich ab jetzt wohl mit Magenschmerzen vor

Hunger anfreunden. Das wenige Brot, das zum Essen gereicht wurde, machte ihn zumindest nicht satt.

Als nach einer halben Ewigkeit endlich der zweite Gang an den Tisch gebracht wurde, war Ole ausgehungert und hätte das Essen sogar probiert, wenn wieder Moospesto in ihm verarbeitet gewesen wäre. So weit kam es allerdings nicht, sowohl das Rentierfilet als auch die Karotten in Moltebeerensoße schmeckten ausgezeichnet.

»Zum Glück hat man hier keine Bodenproben eingearbeitet«, stellte Ole schmatzend fest.

Katinka starrte ihn an, als hätte er verkündet, dass er in die Küche gehen und den Koch erschießen wollte.

»Wie wäre es, du reißt dich jetzt endlich mal zusammen und lässt deine Laune nicht an uns aus«, murmelte sie hinter vorgehaltener Hand.

»Das stimmt, der Waldboden war Thema der Vorspeise«, sagte Nicholas. »Der Hauptgang steht unter dem Motto des Baumes. Die Soße wurde auf der Basis von einem Sud aus Tannenzapfen zubereitet und mit gehackten Tannentrieben verfeinert.«

Ole hatte Mühe, die Portion in seinem Mund nicht auf den Teller zu spucken. Ohne es weiter zu zerkauen, schluckte er das Fleisch runter und spülte mit dem Rotwein hinterher. »Ich hab also Teile vom Baum gegessen?«

»Ein Apfel stammt ebenso vom Baum«, entgegnete Katinka und erntete Zustimmung von Nicholas.

»Genau richtig. Eine Apfelblüte ist im Endeffekt nichts anderes. Ein Trieb. Und junge Triebe sind besonders schmackhaft. Du kannst es mit Rosmarin vergleichen, bloß mit wesentlich intensiveren ätherischen Ölen.«

»Rosmarin ist eklig. Und mir fällt kein vernünftiger Grund ein, warum ich einen Baum essen sollte, selbst wenn er dem Basilikum ähnlich wäre. Bisher bin ich auch nicht auf die Idee gekommen, Apfelblüten in mich reinzustopfen.« Mit der Gabel spießte Ole das Fleisch auf. Alles voller Soße. Davon würde er bestimmt kein Stück mehr anrühren.

»Das macht die neue dänische Küche aus, die Frederik mitentwickelt hat. Sie orientiert sich an der skandinavischen Natur. Bäume gehören nun mal dazu und ich habe uns ein Waldmenü zusammengestellt. Du kannst dich darauf einlassen oder den ganzen Abend wählerisch sein. Dann musst du allerdings wohl hungern.«

»Und du kannst aufhören, mit mir zu reden, als wäre ich ein Kind. Pilze wachsen auch im Wald, die hätte man genauso nehmen können. Ich bin jedenfalls bedient«, sagte Ole und schob seinen Teller weg. »Was bekommen wir denn zum Nachtisch? Einen Sandkuchen?«

Hendrik auf der anderen Seite des Tisches kicherte und erntete dafür einen sträflichen Blick von Malou. Ole konnte es nicht fassen. Der Abend kam ihm schon fast wie eine Verschwörung vor, bei der niemand Partei für ihn ergreifen durfte, ohne von Malou oder Nicholas abgestraft zu werden. Nicholas hatte sich nicht verändert. Er war wieder der kleine Junge, der versuchte, seiner Schwester alles recht zu machen.

»Du wirst lachen, aber in Japan existiert tatsächlich eine Küche, die auf die Zubereitung von Schlamm spezialisiert ist. Doch heute bleiben wir beim Thema Wald. Deswegen gibt es Eichenholzeis mit salzigen Mandeln zum Dessert.«

Ole verkniff sich einen Kommentar. Mittlerweile freute er sich darauf, es Malou recht zu machen und endlich abzureisen. Er hatte etwas anderes von diesem Wiedersehen erwartet.

Als ihnen der Nachtisch serviert wurde, schob er den Teller sofort zur Seite, ohne etwas von dem Eis darauf zu probieren. Ganz bestimmt würde er keinen Baum essen. Der Geschmack einer Eiche reizte ihn so gar nicht. Außerdem hatte er noch nie davon gehört, dass Menschen Holzfasern überhaupt verdauen konnten.

Der Rest des Abends war ähnlich unterkühlt wie das Eis. Nicholas war beleidigt wegen Oles Abneigung dem Essen gegenüber. Von nun ab ignorierte er Ole vollständig, und auch Katinka gab ihr Bestes, ihn nicht in die Unterhaltung mit einzubinden. Nur Hendrik, der das Eis aus Holzspänen ebenfalls verschmäht hatte, schien auf seiner Seite zu sein und warf ihm immer wieder aufmunternde Blicke zu.

»Du hast dich heute Abend wirklich großartig danebenbenommen«, sagte Katinka, als sie zurück in der Pension waren. Nicholas hatte ihnen aufgrund der Uhrzeit noch eine weitere Übernachtung zugestanden. »Du merkst gar nicht, wie sehr du den anderen den Abend verdorben hast, oder? Kein Wunder, dass Malou nicht begeistert von deiner Anwesenheit ist.«

»Warum sollte ich mir denn noch Mühe geben? Ihr habt mich doch die ganze Zeit wie den letzten Arsch behandelt.«

»Wir haben uns nur deinem Verhalten angepasst. Ich hab mich wirklich noch nie für jemanden so geschämt wie heute Abend für dich, Ole. Es ist bestimmt nicht richtig, was Malou da abzieht oder dass Nicholas dich einfach rauswirft, obwohl dein Besuch schon viel länger feststand. Aber du solltest versuchen, es nicht zu sehr an dich ranzulassen, statt sie in ihrer schlechten Meinung von dir zu bestätigen.«

»Warum hältst du dann nicht zu mir? Ist doch egal, was die beiden von uns denken.«

Einen kurzen Moment wirkte sie verunsichert. Sein Argument hatte gesessen, doch sie war offensichtlich noch lange nicht bereit, nachzugeben.

»Du solltest es mit Fassung tragen. Morgen reisen wir ab und dann vergessen wir einfach, was war. Aber versuch bitte, dich in der Zwischenzeit zu benehmen. Wenn nicht wegen ihnen, dann wegen mir.« Katinka warf sich aufs Bett und rollte sich zusammen.

»Gib doch wenigstens zu, dass ...«

»Lass uns jetzt bitte nicht weiter diskutieren«, unterbrach sie ihn. »Ich stehe hinter dir, allerdings nicht, wenn du dich so benimmst wie heute Abend.«

»Ist gut, ich lasse dich. Offensichtlich hatte ich aber recht, was das Essen angeht. Immerhin hast du jetzt Bauchschmerzen davon.«

»Red keinen Quatsch. Ich hätte einfach deine Portion Eis weglassen sollen.«

»Genau. Sie haben mir nämlich etwas ins Essen gemischt, weil sie mit Kritik nicht umgehen können.«

Katinka schnaubte verächtlich. Anscheinend wollte sie heute Abend keine Ironie mehr verstehen. »Es bist ja wohl eher du, der keine Kritik verträgt. Man kann nicht ernsthaft mit dir über etwas diskutieren, ohne dass du es gleich ins Lächerliche ziehst. Eine gute Nacht wünsche ich dir.«

Ole setzte sich auf den Rand des Bettes. Katinka drehte sich von ihm weg, hielt sich den Bauch und stöhnte. Er schaute sie besorgt an. Eigentlich hatte er das nicht ernst gemeint, doch was, wenn er recht hatte? Vielleicht hatte Nicholas ihm tatsächlich seine Mäkelei beim Essen heimzahlen wollen. War er nicht noch auf dem Klo gewesen, direkt, bevor der Nachtisch kam? Womöglich hatte er bei der Gelegenheit gleich etwas Abführmittel oder Schlimmeres ins Essen gemischt. Ole dachte an die Tannenzweigsoße. Der intensive Geschmack der ätherischen Öle konnte alles andere überdecken. Bei diesem Gedanken wurde ihm schlecht.

»Ich geh noch mal an die frische Luft«, sagte er und stand auf. Von Katinka kam lediglich ein leises Grummeln zurück. »Sei mir nicht mehr böse, wenigstens nicht deswegen. Du kennst mich doch.« Er beugte sich nach unten, gab ihr einen Kuss auf die Schulter und ging aus dem Zimmer.

Der Vollmond leuchtete so hell, dass Ole den Eindruck

bekam, es wäre bereits kurz vor dem Morgengrauen. Er hatte bisher nie verstanden, was die Leute an diesem Supermond fanden. Doch hier draußen, ohne die Lichter der Großstadt und mit Blick auf den Strand, musste er zugeben, dass er etwas Besonderes hatte. Man konnte sogar einzelne Krater auf dessen Oberfläche erahnen. Fasziniert stand Ole da und beobachtete den Himmel.

Ein kühler Wind zog vom Wasser zu ihm herüber. Ole klappte den Kragen seiner Sportjacke nach oben und ging in Richtung Deich. Er setzte sich in die Dünen und zündete sich seinen vorgerollten Joint an. Genüsslich atmete er den Rauch ein, schloss die Augen und behielt die Luft so lange in der Lunge, bis ihm schwindelig wurde. Es dauerte nicht lange, bis die Entspannung folgte. Er legte sich zurück in den Sand. Morgen wäre alles vorbei. Er würde nie wieder den Fehler machen zu glauben, er wäre bei Nicholas willkommen.

24. Kapitel
1996

»Von einem gewissen Punkt an gibt es keine Rückkehr mehr. Dieser Punkt ist zu erreichen.«

Franz Kafka

Er hatte kaum das Wasser in sich hineingeschüttet und das Glas unter dem Bett versteckt, da wurde die Tür aufgestoßen. Gerade so schaffte er es, sich aufrecht hinzustellen, bevor das Gesicht seiner Pflegemutter im Türrahmen erschien.

»Was ist hier los?«, fragte sie herrisch. Ein intensiver Geruch nach Alkohol schlug ihm entgegen und raubte ihm den Atem.

Er presste die Lippen aufeinander und starrte sie an. Niemals würde er Nick verraten.

Die Pflegemutter machte einen Schritt auf ihn zu und hob drohend die Hand. »Verfluchte Blagen. Immer hat man Ärger mit euch. Ich kann das nicht mehr ertragen. Antworte mir, sonst setzt es was!«

»Gar nichts ist los. Ich wollte ins Bett gehen.« Er gab sich alle Mühe, ein unbeteiligtes Gesicht zu machen, doch seine Stimme klang so dünn und zittrig, dass sie ihn offensichtlich

Lügen strafte.

Seufzend setzte sie sich auf die Kante des Bettes, das unter ihrem Gewicht ächzte. Sie beugte sich nach unten und begann ihr linkes Hosenbein hochzukrempeln.

Bastian wich einen Schritt zurück. »Bitte nicht«, flüsterte er.

»Du hast es so gewollt«, antwortete sie. »Wer lügt, muss bestraft werden. So viele Male haben wir nun schon versucht, euch das beizubringen. Ihr wollt einfach nicht hören.«

»Aber wir haben doch nichts gemacht.«

Sie hielt inne. »Wir also. Hab ich's mir doch gedacht.« Mit einer für ihren Zustand ungewöhnlich geschmeidigen Bewegung fuhr die Pflegemutter mit ihrer Hand unter das Bett und brachte das Glas zum Vorschein. »Und was ist das hier?«

Ein Zittern erfasste seinen Körper. Wie konnte sie das wissen? Auf keinen Fall hatte sie gesehen, wie er es dorthin gestellt hatte. Er schüttelte den Kopf.

»Hm? Du willst es mir nicht erklären. Na gut«, sagte sie und öffnete den Gurt knapp über dem Knie. »Du hast es nicht anders gewollt.«

»Bitte … tu mir nicht weh.«

»Komm her!«, befahl sie.

»Nein. Ich will nicht.«

»Wer nicht hören will, muss fühlen. Meine Oma hatte recht, wenn sie das gesagt hat. Komm her, du Aas.« Sie schaute ihn streng an und ließ die Prothese in ihre offene Handfläche klatschen. Das dumpfe Geräusch schien in seinem Kopf nachzuhallen. Sein Magen zog sich zu einem Eisklotz zusammen. Er blickte zur Tür.

Wenn er es klug anstellte, könnte er es vielleicht schaffen. Mit nur einem funktionstüchtigen Bein war sie eingeschränkt. Und sie war betrunken. Mit Sicherheit also langsamer, auch wenn er aufgrund der zwei Tage ohne Essen kaum Kraft hatte.

»Ich sage es nicht noch mal. Du machst es nur schlimmer«,

warnte sie.

Er sprintete los, schlug einen Haken, um aus ihrer Reichweite zu kommen.

Die Pflegemutter macht ebenfalls einen Satz, geriet ins Straucheln, fing sich aber.

Noch ehe er in die Nähe der Tür kam, hatte sie ihn am Handgelenk erwischt. Sie riss ihn herum. Er stolperte und fiel. Sein Kopf knallte gegen den Bettpfosten. Er schrie auf.

»Du hast es nicht anders gewollt«, brüllte sie und drückte mit dem Stumpf ihres Oberschenkels auf seinen Nacken.

Blut lief von seiner Stirn auf den Boden und bildete eine kleine Pfütze unter seinem Kopf. Er konnte kaum atmen.

Aus dem Augenwinkel sah er, wie die Pflegemutter mit der Prothese zum Schlag ausholte.

Aus dem Flur hörte er Geschrei. Dann kam Nick in das Zimmer gerannt. Perplex verharrte die Pflegemutter, das künstliche Bein zum Schlag erhoben, und starrte ihn an.

»Halt dich bitte einfach da raus«, flehte Lulu. Sie stand in der Tür, die Augen weit aufgerissen. Tränen benetzten ihre Wangen.

»Lass ihn sofort los!«, schrie Nick. Bastian japste nach Luft.

Margit hatte ihre Sprache wiedergefunden. »Verschwindet!«, herrschte sie die beiden an.

»Bitte komm mit«, flehte Lulu.

»Hör auf deine Schwester! Raus mit dir!«

»Nein. Das Glas ist von mir. Ich habe es hochgebracht. Und das Essen auch. Es ist meine Schuld, du musst mich bestrafen.«

Unschlüssig blickte Margit zwischen den Geschwistern hin und her. »Leg dich da hin zu deinem Bruder«, befahl sie dann und deutete neben Bastian. An Lulu gewandt sagte sie: »Und du hau ab. Sofort.«

Nick zögerte nicht lange und legte sich hin. In seinen Augen war zu erkennen, wie viel Angst er hatte. Die Pflegemutter setzte sich nun auf den Boden und packte ihr gesundes Bein über die Rücken der beiden Jungen.

Bastian schaute Hilfe suchend zur Tür. Lulu war verschwunden.

Er drehte sich zu Nick, der bereits den ersten Schlag abbekommen hatte, und griff nach seiner Hand. Er wartete auf den Schmerz, doch nichts passierte. Stattdessen hörte er Lulu schreien. Schritte kamen auf sie zugelaufen, danach ein dumpfer Aufprall. Er fuhr herum und sah, wie Margit mit schmerzverzerrtem Gesicht auf ihn zu fiel. Sie kippte einfach nach vorne über. Dann entdeckte er Lulu. Sie stand neben Margit und holte mit dem Baseballschläger des Pflegevaters zum nächsten Schlag aus.

»Steh auf«, zischte sie.

Margit hatte ihren Fall abgefangen und stützte sich mit einer Hand neben Bastian ab. Mit der anderen hielt sie sich den Kopf und stöhnte. Nick sprang auf. Bastian robbte unter Margit hervor und krabbelte in Richtung Tür. Bevor er es in Sicherheit geschafft hatte, warf sie sich auf ihn und hielt seinen Knöchel fest.

Lulu stieß einen weiteren markerschütternden Schrei aus und ließ den Schläger auf den Kopf von Margit hinuntersausen. Immer wieder und wieder schlug sie zu.

Irgendwann hielt sie inne.

»Packt ein paar Sachen zusammen.« Sie war außer Atem. Die Pflegemutter lag regungslos auf dem Boden. »Wir hauen sofort von hier ab.«

25. Kapitel
2014

»Ich war ja schon niedergedrückt durch seine bloße Körperlichkeit.«

Franz Kafka

Im Licht des Vollmondes stürmte er auf den Wald zu. Er versuchte, seine Wut zu zügeln, doch in ihm brodelte es. Sie hatte ihn verarscht. Doch das war nicht das Schlimmste. Ganz besonders regte ihn auf, dass sie ihn ganz offensichtlich für unterbelichtet hielt. Als würde er nicht rausbekommen, dass die Hälfte ihrer Liste aus Personen bestand, die ihr seit Jahren nicht mehr nahestanden. Nun würde er sie bestrafen müssen.

Zu der Wut mischte sich eine unglaubliche Enttäuschung. Es war noch viel zu früh, sie zu verlieren. Er hatte sich von ihrer gemeinsamen Zeit so viel mehr versprochen, wollte sie eigentlich noch viel länger behalten. Doch sie musste direkt zu Beginn alles versauen. Er bezweifelte, dass sie die Züchtigung überleben würde. Das hatte bisher noch keine geschafft.

Er massierte sich die Schläfen. Der Wein machte sich bemerkbar und ihm war schwummrig im Kopf. Als er am

Wald ankam, bereute er, dass er die Taschenlampe nicht mitgenommenen hatte. Einen Moment blieb er stehen und wartete darauf, dass sich seine Augen an die Dunkelheit gewöhnten. Anscheinend hatte sie in dieser Nacht die Kerzen ausgelassen, denn er konnte kein Licht zwischen den Bäumen ausmachen.

Eigentlich ein schlaues Mädchen. Und ein tapferes außerdem. Bisher hatte sie nicht einmal um ihr Leben gebettelt oder sich angebiedert, alles zu tun, was er von ihr verlangte. Erneut versetzte ihm die Vorstellung, ihrem Leben gleich ein Ende zu bereiten, einen Stich. Doch sie hatte sein Vertrauen nicht verdient, wenn sie bereits bei dieser lächerlichen Liste nicht ehrlich war. Dabei hatte er ihr nur etwas Gutes damit tun und verhindern wollen, dass sich ihre Verwandten und Freunde Sorgen machten.

Ja, für diese Ungehörigkeit, diesen Vertrauensbruch musste sie leiden. Und zwar sofort. Er stürmte los in die Dunkelheit des Waldes. Beim Bauwagen angekommen, legte er sich auf den Waldboden und tastete die Unterseite des Trailers ab. Das Ausbeinmesser und der kleine Rucksack befanden sich noch dort, wo er sie für diesen Fall platziert hatte. Er stülpte sich den Maleranzug und die Sturmmaske über und schloss die Tür auf.

Auf den ersten Blick konnte er sie in der Dunkelheit nicht ausmachen. Sie hockte zusammengekauert in der Ecke auf der Matratze, den Kopf auf die Knie gelegt und die Arme darüber verschränkt. Sie schien zu schlafen. Zumindest reagierte sie nicht, als er auf sie zuging. Er zog das Messer aus seiner Hose, schob den Griff unter ihr Kinn und hob damit ihren Kopf an.

Sie schreckte hoch und riss die Augen auf. Als sie ihn erkannte, wurde das Entsetzen in ihrem Blick noch größer.

»Du wunderst dich, warum ich schon zurück bin?«

Sie nickte. Ihr Atem ging schwer.

»Und?«, fragte er.

»Was und?«

»Rate mal. Welchen Grund könnte ich haben?«

Sie schnaubte. »Ich habe deine Aufgabe doch erfüllt …«

Er schlug ihr seine Faust ins Gesicht. Sie zuckte nur, weinte nicht, gab nicht mal ein Geräusch von sich. Hartes Mädchen. Vielleicht lag er falsch. Vielleicht würde sie die Bestrafung überleben. »Weil du mich belogen hast. Weil du geglaubt hast, ich wäre ein Esel, dem du irgendwelche Märchen auftischen kannst.«

»Die Liste«, sagte sie und senkte ihren Blick.

»Ganz genau. Du hast dich nicht an die Regeln gehalten.«

»Es tut mir leid.«

Er lachte abfällig und drehte das Messer in seiner Hand, sodass die Klinge nun nach vorne zeigte. »Leider kann ich deine Entschuldigung nicht akzeptieren. Ich habe dir die Chance gegeben, mir zu beweisen, dass du vertrauenswürdig bist. Offensichtlich bist du es nicht.« Er beugte sich zu ihr runter. Sie hob abwehrend die Hände.

»Willst du wissen, wofür du mir die Namen geben solltest?« Das Messer ließ er auf den Boden fallen.

»Nein!«

»Weil ich ihnen die Sorgen nehmen wollte. Ich wollte dir einen Gefallen tun. Deine Liebsten anrufen. Sagen, dass du Dänemark so großartig findest und einfach deinen Urlaub etwas verlängert hast. Dass du vielleicht sogar für immer bleiben willst.«

Sie schaute ihn mit großen Augen an. Er packte sie an den Haaren und riss sie am Kopf zu sich nach oben. Als sie den Mund öffnete, um zu schreien, schob er ihr ein Holzstück zwischen die Zähne. Mit der anderen Hand wickelte er die bereitgehaltene Mullbinde um ihren Kopf. Unter ihm warf die Frau sich panisch hin und her. Er lächelte. Endlich zeigte sie Angst. Wurde auch mal Zeit. Er drückte ihre Schultern an die Rückwand des Bauwagens und fixierte ihre Hüfte mit seinem Knie.

Nachdem er den Verband fest verschnürt hatte, warf er sie auf die Seite. Von ihr war nicht mehr als ein leises Wimmern zu vernehmen.

Sie zappelte, aber sie war zu schwach, um etwas gegen ihn ausrichten zu können. Er kniete sich auf ihre Oberarme. Nun konnte sie nur noch vergeblich den Kopf hin- und herwerfen und mit den Beinen ins Leere treten. Er packte ihre Handgelenke und band sie an das Bettgestell.

»Weißt du, was meine Eltern früher immer gesagt haben?«, fragte er und griff nach dem Messer.

Sie schüttelte schnaufend den Kopf. Ihre Nasenflügel bebten und Tränen liefen ihr über die Wangen, wo sie im weißen Verbandsstoff versickerten.

»Wer nicht hören will, muss fühlen«, sagte er und hieb mit dem Messer auf ihr Knie ein. Als das erste Blut aus der Wunde spritzte, normalisierte sich sein Puls. Er hielt einen Moment inne und beobachtete abwechselnd den klaffenden Schnitt in ihrer Haut und ihr Gesicht. Ihre Augenlider flatterten, sie war dabei, das Bewusstsein zu verlieren. Er gab ihr eine Ohrfeige, doch zu spät. Sie war bereits nicht mehr bei ihm. Schade. Doch es würde ihn nicht davon abhalten, seine Arbeit zu Ende zu führen.

26. Kapitel

»Der Messias wird erst kommen, wenn er nicht mehr nötig sein wird.«

Franz Kafka

»Na, auch geflüchtet?«

Ole schreckte auf. Neben ihm stand Hendrik und grinste ihn an. Anscheinend war er nach dem Joint in den Dünen eingenickt.

»Warum *auch?*«, fragte er und streckte sich. »Vor wem bist du denn auf der Flucht?«

»Ich brauchte mal eine Auszeit. Malou ist seit deinem Auftauchen unerträglich. Hat an allem, was ich tue, etwas auszusetzen. Versteh mich nicht falsch, ich will das gar nicht auf dich schieben. Sie sollte sich einfach mal ein bisschen entspannen.«

»Muss am Supermond liegen«, sagte Ole und deutete auf den Vollmond. »Da drehen die Frauen wohl ein wenig durch.«

»Ja, sieht wirklich super aus. Was war bei euch los? Sah heute Abend nicht danach aus, als würdet ihr das achte Jahr vollkriegen.«

Ole schüttelte den Kopf. »Ohne ein bisschen Streit sind wir nicht glücklich, das war schon immer so. Mach dir mal darüber keine Gedanken. Aber ich habe es wohl ein bisschen übertrieben. Erst die Situation letzte Nacht, und dann habe ich Katinka heute bei den Bunkern ein bisschen veräppelt und dabei versehentlich zu Tode erschreckt. Konnte ja nicht ahnen, dass sie so empfindlich ist.«

»Was war denn letzte Nacht?«, erkundigte sich Hendrik neugierig.

Ole holte einen weiteren vorgerollten Joint aus der Jackentasche, steckte ihn umständlich hinter vorgehaltener Hand an und zuckte mit den Schultern. »Ich war ein bisschen draußen unterwegs und sie ist mir nachgegangen. Den Schlüssel hat sie dabei im Zimmer liegen lassen, und dann konnten wir nicht mehr rein. Als es dann angefangen hat zu regnen, wollten wir uns da hinten bei dem Wald unterstellen, und Katinka hat zwischen den Bäumen einen Bauwagen entdeckt. Da brannte Licht und sie wollte unbedingt einen Blick reinwerfen.«

»Und als du die nackte Frau dadrin entdeckt hast, wolltest du gar nicht mehr gehen«, lachte Hendrik.

»Nein, wir haben gar nicht erst durchs Fenster geschaut. Ich habe sie sozusagen ein wenig unsanft dazu bewegt, wieder zu verschwinden.«

»Kein Wunder, dass sie wütend ist. Das wäre ich auch, hättest du mir diesen Spaß verdorben. Wo ist dieser Bauwagen? Ich würde ihn mir zu gerne mal anschauen.«

Ole biss sich auf die Lippe. Großartig. Warum hatte er Hendrik bloß davon erzählt? Hendrik war genau der Typ dafür, einen geheimen Ort mitten im Wald auszuspionieren. Das hätte er sich vorher denken können. Er schüttelte den Kopf. »Muss das sein? Ich finde nicht, dass man das Liebesnest von irgendwelchen Leuten durchsuchen muss.«

»Das ist ja das Interessante an der Sache. Komm schon, Kumpel. Vielleicht ist das eine Nutte, die da ihr Gewerbe für die liebeshungrige Dorfgemeinschaft eröffnet hat. Ich finde das Teil auch ohne deine Hilfe«, sagte Hendrik. »So schwer kann es nicht sein. Es gibt nur einen Wald hier in der Nähe, also ist die Auswahl begrenzt. Sag mir nur, ob du mitkommen willst oder ob ich alleine gehen soll.«

Ole stand auf. »Dann lass uns aufbrechen.«

So einfach, wie Hendrik es sich vorgestellt hatte, gestaltete sich die Suche allerdings nicht. Heute Nacht waren die Kerzen nicht entzündet und boten keine Orientierung im Dunkeln. Der Mond half ihnen zwar einigermaßen, den Weg zu finden, doch den Bauwagen entdeckten sie nicht. Nach über zehn Minuten, innerhalb derer sie erfolglos zwischen den Bäumen herumgestapft waren, schlug Ole vor, den Rückweg anzutreten.

Hendrik hingegen wollte nicht so schnell aufgeben. »So groß kann der Wald nicht sein. Vier Kilometer nach dem Ortsschild beginnt schon das nächste Dorf. Die Hälfte dürften wir geschafft haben. Wir finden das Teil ganz bald, keine Sorge.«

Genau das ist ja meine Befürchtung, dachte Ole genervt.

»Ich glaube«, sagte er, »wir sind längst an der Stelle vorbei, wo er gestern stand.«

Hendrik reagierte nicht.

»Da, hast du das gehört? Ich glaube, da sind Wildschweine.«

»Das würde mich wundern«, lachte Hendrik. »Die kommen bei uns nicht gerade häufig vor. In freier Wildbahn habe ich jedenfalls noch keines gesehen.«

»Ist ja auch nicht so, dass sie sich ständig zeigen.«

»Und wenn schon. Die sind doch menschenscheu.«

Anscheinend hatte Hendrik tatsächlich keine Ahnung von Wildschweinen. »Wenn du dich da mal nicht täuschst«, sagte Ole. »Du würdest deine Meinung ändern, sobald eine Hundertfünfzig-Kilo-Bache vor dir steht und dich anschnaubt, weil sie ihre Jungen verteidigen will.«

»Keine Ahnung, wovon du sprichst, aber sieh mal, was ich gefunden habe.« Mit einem breiten Grinsen im Gesicht präsentierte Hendrik wie eine Messehostess auf einer Autovorstellung den Bauwagen. Der Anhänger schien verlassen zu sein, kein Licht war zu sehen.

»Jetzt hast du ihn ja gesehen. Niemand zu Hause, wie es scheint«, sagte Ole und stampfte nervös im Laub herum. »Dann können wir also verschwinden«, setzte er nach, als Hendrik nicht reagierte. Oles Hals war wie zugeschnürt, das Atmen fiel ihm schwer.

»Stell dich nicht so an, deine Freundin hat mehr Mumm als du. Wenn du glaubst, hier ist niemand, warum sollten wir dann nicht einen Blick riskieren?«

»Warum doch? Ich meine, was kann schon Interessantes dadrin sein?«

»Finden wir es heraus«, sagte Hendrik und stieg die verrosteten Stufen der Eisentreppe hinauf.

27. Kapitel

»Eigentlich müßte man sich fürchten, aus dem Haus zu treten.«

Franz Kafka

Das Stechen war unerträglich und wurde von Mal zu Mal intensiver. Kaum waren die Schmerzen für einen Augenblick abgeklungen, kehrten sie kurz darauf mit doppelter Intensität zurück. Stöhnend rollte sie sich herum, ohne dass es ihr auch nur die geringste Erleichterung verschaffte. Im Gegenteil, jegliche Form von Bewegung verschlimmerte nur ihr Leiden.

Der Krampf zog sich vom Magen in den Darm und blieb dort irgendwo in den Wirrungen der Schlingen stecken. Katinka biss die Zähne zusammen und wartete darauf, dass der Schmerz verging. Als sich ihr Unterleib ein wenig entspannt hatte, stand sie auf und schlurfte, die Wärmflasche an den Bauch gepresst, ans Fenster.

Noch immer durchzuckte das Blinken des Blaulichts die Dunkelheit am Horizont. Es wirkte noch intensiver und hektischer als vorhin. Vermutlich war ein weiterer Wagen dazugekommen. Irgendetwas Schlimmes musste dort hinten bei dem Wäldchen passiert sein.

In ihr breitete sich das dumpfe Gefühl aus, dass es etwas mit Ole zu tun hatte. Er war nun seit Stunden da draußen. Sie kaute auf ihrem Fingernagel. Hoffentlich hatte er sich nichts angetan. Warum musste sie nur immer so zickig ihm gegenüber sein? Sie wusste, dass er impulsiv reagierte und manchmal trotzig war wie ein kleines Kind. Wenn er wütend wurde, hatte er keine Kontrolle über sich. Es war nicht seine Schuld und es lag nicht in seiner Macht, es zu ändern. Die Therapeutin hatte es ihr erklärt. Die mangelnde Zuneigung in den ersten Monaten nach seiner Geburt hatte irreparable Schäden hinterlassen. Doch auch nach sieben Jahren Beziehung konnte sie nur schwer akzeptieren, dass er kein Gefühl dafür entwickelte, was sich gehörte und was nicht.

Ein weiterer Krampf kündigte sich an und zwang Katinka, sich hinzusetzen. So musste sich die Besatzung der Nostromo gefühlt haben, als sich diverse Alienbabys durch die Eingeweide der Astronauten gewühlt hatten. Sie beugte sich nach vorne und lehnte ihren Kopf gegen die Scheibe. Hinter sich hörte sie, wie jemand den Schlüssel ins Schloss steckte.

»Na endlich. Wo hast du die ganze Zeit gesteckt? Was ist da draußen passiert?«

Er antwortete nicht.

Katinka drehte sich um und sah in sein leichenblasses Gesicht. Blut klebte an seinem Kinn, seinen Wangen, es durchtränkte seine Jacke. Er zitterte, sein Blick raste hektisch durch den Raum. Sie stand auf und ging langsam auf ihn zu. »Ole, rede mit mir. Was ist passiert?«

Er räusperte sich und schaute sie an, als bemerke er gerade erst in diesem Augenblick, dass sie auch anwesend war. »Pack deine Sachen. Wir verschwinden von hier.«

»Wie siehst du denn aus?«, fragte Katinka und hielt seine Handgelenke fest. »Sag mir sofort, was passiert ist. Geht es dir gut?«

»Wir haben keine Zeit. Da draußen läuft ein Irrer herum. Jemand, der Frauen bei lebendigem Leib die Beine abschneidet.« Oles Stimme bebte. Er stürmte zum Schrank, riss ihn auf und schleuderte die Klamotten auf das Bett.

»Dann können wir erst recht nicht nach draußen gehen.« Sie las einige der Kleidungsstücke auf, die Ole wild um sich warf. »Ole, du setzt dich jetzt erst mal hin und sagst mir sofort, was passiert ist!«

»Hörst du mir nicht zu?«, brüllte er und schleuderte ihr den Rucksack entgegen. Nur knapp konnte sie ihn mit der Hand abwehren, sodass er über ihren Kopf sauste und hinter ihr an die Scheibe knallte. »Da war alles voller Blut. Und mittendrin, da lag sie. Als wäre sie schon tot. Und dann auf einmal hat sie doch geatmet. Sie hat noch gelebt, oh mein Gott. Wer tut so was?«

Endlich hörte er auf, wahllos die Kleidung in seinen Rucksack zu werfen. Sein Gesicht entgleiste ihm und mit zitternden Lippen lehnte er sich an den Schrank. Katinka ging langsam auf ihn zu. Sanft streichelte sie ihm über den Kopf. »Versuch dich zu beruhigen. Eins nach dem anderen. Wo hast du wen gefunden?«

»Eine Frau«, schrie er und deutete auf sein Knie. »Eine halbtote Frau mit nur einem Bein. Das andere hat ihr irgendjemand abgeschnitten.«

Unsanft stieß er Katinka von sich. Sie taumelte zurück. In ihrem Kopf drehte sich alles.

»Was meinst du denn? Eine Frau? Ganz langsam!«

Ole schaute an sich herunter und stöhnte auf, als realisiere er erst jetzt, wie er aussah. Ungeschickt zog er das Hemd über den Kopf und warf es von sich. Dann machte er sich an der Hose zu schaffen.

»Ole, wo hast du jemanden gefunden? Woher kommt das ganze Blut an dir? Sag es mir sofort!« Jetzt war Katinka diejenige, die schrie.

Verwirrt blickte er sie an, als habe er vergessen, dass er nicht alleine war.

»Hab ich doch gerade gesagt. Wir sind noch mal zu dem Bauwagen. In den du unbedingt reinschauen wolltest, weißt du? Hendrik hat nicht lockergelassen, und da habe ich nachgegeben. Und da lag sie. Alles voller Blut. Ich habe erst gar nicht erkannt, dass es ein Mensch ist. Es sah aus wie ein Bündel blutiger Klamotten. Sie war geknebelt und gefesselt und hat sich nicht mehr bewegt. Wir dachten, sie wäre tot. Aber dann hat sie plötzlich gestöhnt und gezappelt. Mein Gott, jemand hat ihr das Bein abgehackt. Einfach so.«

Katinka schüttelte ungläubig den Kopf. Was erzählte er da? Jemand hatte eine Frau in dem Bauwagen gefangen gehalten, den sie die Nacht zuvor entdeckt hatten, und dieser Jemand hatte sie beinahe getötet?

»Das ist nicht dein Ernst«, flüsterte sie.

»Wir haben sie losgebunden und sie hat einfach immer weitergeblutet. Hendrik hat seine Jacke ausgezogen und sie auf die Wunde gepresst. Dann hat sie das Bewusstsein verloren. Wir haben schon gedacht, sie wäre in unseren Armen gestorben. Doch sie hat noch geatmet. Es hat so lange gedauert, bis endlich Hilfe kam.«

Katinka starrte ihn an. Sie war unfähig, einen klaren Gedanken zu fassen. »Ist sie … wird sie überleben?«

Er ließ den Kopf hängen. »Ich weiß es nicht. Wir haben den Krankenwagen gerufen. Sie hat viel Blut verloren. Der Notarzt konnte nicht sagen, ob sie durchkommt.«

Mittlerweile hatte er sich auch hingesetzt. Die blutgetränkte Hose in den Händen wendend, starrte er apathisch ins Nichts. »Wir können hier nicht bleiben.«

»Natürlich können wir. Wir müssen sogar. Willst du da raus und dem Irren in die Arme rennen?«

»Vielleicht war er …« Ole zitterte so heftig, dass sein Hinterkopf an den Schrank krachte.

»Hast du dich untersuchen lassen?« Er antwortete nicht. Katinka betrachtete ihn besorgt. Wie hatte ihn der Notarzt so einfach gehen lassen können? Er stand garantiert unter Schock. Sie nahm die Decke vom Bett und legte sie ihm um die Schultern. Ole sprang auf und warf die Decke von sich.

»Sie war dort drin. Wir hätten sie retten können. Alles ist

meine Schuld. Wenn ich dich nicht davon abgehalten hätte … Diese Frau, weißt du … Was, wenn sie gestern Nacht schon da drin war? Warum habe ich dir nur verboten …«

»Nein!« Katinka schüttelte den Kopf und hielt sich die Ohren zu. Sie wollte sich nicht vorstellen, dass sie vor dem Bauwagen gestanden hatten. Dass sie, während eine Frau gefesselt und geknebelt im Innern um ihr Leben gebangt hatte, sich umgedreht hatten und einfach wieder gegangen waren. Dass sie rechtzeitig hätten eingreifen können, wenn Ole nicht so in Sorge gewesen wäre, als Spanner dazustehen.

»Wir können auf keinen Fall hierbleiben. Bitte, lass uns morgen früh gleich abreisen.«

»Versprich du mir lieber, dass du ab sofort nicht mehr alleine rausgehst. Solange wir zu zweit und in der Pension sind, kann uns gar nichts passieren. Und jetzt solltest du dich erst mal sauber machen.«

Kopfschüttelnd stand Ole auf. »Du verstehst es nicht, oder?«

Nein, tatsächlich verstand sie ihn nicht. Sie konnten nicht einfach verschwinden. Sicherlich musste Ole noch eine Aussage bei der Polizei machen. Was sollten die denken, wenn sie beide nach dem Vorfall so schnell wie möglich abreisten?

»Was will er nur mit ihrem Bein?«, fragte er. Mittlerweile war er aufgestanden und auf dem Weg ins Bad.

»Mit ihrem Bein? Ich versteh dich nicht.« Bisher hatte Katinka sich keine Gedanken darüber gemacht, aus welchem Grund ein Mensch einem anderen bei lebendigem Leib und ohne Betäubung ein Körperteil abtrennen sollte. Derjenige musste krank sein, eine andere Erklärung gab es nicht dafür.

»Weshalb hat er ihr Bein mitgenommen? Es war nirgends zu finden, wir haben alles abgesucht. Was will er damit?«

28. Kapitel

»Das Leben ist eine fortwährende Ablenkung, die nicht einmal zur Besinnung darüber kommen läßt, wovon sie ablenkt.«

Franz Kafka

Ole lag die ganze Nacht wach und rollte sich von der einen Seite auf die andere. Mit den ersten Sonnenstrahlen stand er schließlich auf und schlich sich so leise wie möglich aus dem Zimmer, um Katinka nicht aufzuwecken. Auch sie hatte die meiste Zeit wachgelegen, doch gegen Morgen war sie schließlich eingeschlafen, und er würde den Teufel tun und sie jetzt stören. Sie hatten heute eine lange Zugfahrt bis Frankfurt vor sich und sie sollte ausgeruht sein. Im Erdgeschoss war zu Oles Enttäuschung noch niemand zu sehen.

Ein Geräusch ließ Ole aufhorchen. Von draußen ertönte Nicholas' Stimme, der auf Dänisch vor sich hin fluchte. Er ging dem Geräusch nach und fand ihn bei den Mülltonnen neben dem Haus.

»Ah, gut, dass du gerade vorbeikommst. Vielleicht kannst du mir schnell helfen?«, fragte er, als er Ole entdeckte.

Dieser nickte und Nicholas drückte ihm eine Tüte in die Hand. »Hier, die hältst du mir bitte kurz auf. Richtig weit, wenn du nicht willst, dass ich dich mit dem Kadaver streife.«

»Ein Kadaver?«, wunderte sich Ole. Ein zugerichteter Körper pro Urlaub war mehr als ausreichend.

»Ja. Es ist mir ein Rätsel, wie sie es geschafft hat, da reinzukommen. Ich würde ja sagen, beim nächsten Mal weiß sie es besser, aber es war wohl ihr letzter Ausflug.« Er verzog die Mundwinkel nach unten und hob den Deckel der Biomülltonne an.

Oben auf den Speiseresten, bedeckt mit Fliegen, von denen einige die Flucht antraten, lag eine tote Katze. Bis auf die Mücken und die rosafarbene Zunge, die ihr schlaff aus dem Mund hing, erweckte sie beinahe den Eindruck, als wäre sie ein schlecht gemachtes Plüschtier. Dennoch musste Ole sich abwenden, um einen Schwall Galle ins Gebüsch zu würgen.

»Tut mir leid, ich hätte dich vorwarnen sollen, aber dann hättest du vermutlich nicht zugestimmt.«

Ole rang nach Luft. Obwohl die Katze unmöglich bereits stinken konnte, hatte er das Gefühl, als verbreite sich ein unerbittlicher Verwesungsgeruch. »Da könntest du recht haben.«

»Nun ja, jetzt, wo du sie gesehen hast, kannst du mir auch ruhig helfen. Du kannst ja gerne dabei wegschauen, sieh nur zu, dass du die Tüte weit genug aufhältst.«

»Was hast du mit ihr vor? Du willst das arme Tier doch nicht so einfach entsorgen? Das ist ein Lebewesen.«

Nicholas kicherte. »Sie hat sich ja selbst die Mülltonne ausgesucht. Ich entferne sie lediglich von ihrem auserkorenen Ort. Wenn sie noch länger da drinbleibt, dann stinkt es hier bald wie …«

»Schon gut, ich kann es mir vorstellen. Beeil dich aber, ja?«

Während Nicholas sich zwei Plastikbeutel um die Hände wickelte und den Kadaver der Katze aus der Mülltonne holte, geriet Ole ins Grübeln. War er schuld an ihrem Tod? Er hatte, nachdem er sich an dem Brot vergriffen hatte, die Tonne nicht wieder geschlossen. Wahrscheinlich war die Katze hineingesprungen und der Deckel war zugefallen. Ein Unfall also, aber einer, der auf seine Kappe ging.

Aber starb eine Katze, bloß, weil sie für eine Nacht in einer Plastiktonne eingesperrt war? Wer sagte denn, dass nicht irgendein Nachbar den Kadaver hier abgelegt hatte? Oder aber, die Katze war ohnehin schon alt und schwach gewesen und die Tonne hatte ihr nur den Rest gegeben. Es musste nicht zwangsläufig Oles Schuld sein. Vielleicht hatte sie Gift gefressen. Rattengift.

Ole wurde plötzlich heiß. Was, wenn Nicholas den Inhalt der Biotonne mit Gift abstreute, um Ungeziefer fernzuhalten? Dann hatte Ole womöglich gestern mit dem Brot auch etwas davon zu sich genommen. Er schüttelte den Kopf. Er hatte extra darauf geachtet, ein Stück zu nehmen, das nicht mit dem Biomüll in Berührung gekommen war. Es war unwahrscheinlich, wenn auch nicht ganz ausgeschlossen, dass etwas von dem potenziellen Gift daran geklebt hatte.

»Ich danke dir, du bist erlöst. Wenn du willst, geh schon mal rein, dann mache ich euch gleich ein Frühstück de luxe als Entschädigung.« Damit nahm er Ole die Tüte ab, knotete sie fest zu und ging zur Straße.

Ole blickte ihm nachdenklich hinterher. Obwohl er den Kadaver nicht berührt hatte, wischte er sich die Hände an der Jeans ab. Dann drehte er sich um und ging nach drinnen. Irgendwie musste er Katinka überzeugen, dass sie sofort ihre Sachen packten und von diesem Ort verschwanden. Die tote Katze konnte ein Zufall sein, doch er wollte kein Risiko eingehen. Nicht, nachdem er von einem Stück Brot Durchfall bekommen und Katinka von einem Nachtisch die halbe Nacht mit Magenschmerzen wachgelegen hatte. Irgendetwas stimmte hier nicht, und er hatte keine Lust herauszufinden, was es war. Wollte Nicholas ihn auf diese Art und Weise loswerden?

Wie erwartet, war Katinka nicht sonderlich begeistert. »Du spinnst«, sagte sie und rieb sich die Augen, nachdem er sie geweckt und ihr eröffnet hatte, dass er keine Sekunde länger bleiben wollte.

»Weil ich Angst um uns habe?«

»Bestimmt nicht. Eher, weil du dir irgendwelche Verschwörungstheorien einredest. Natürlich reisen wir ab, sobald es geht. Aber du solltest erst mit der Polizei reden, ob du das so einfach darfst, und dann haben wir auch noch die Zeit, eine vernünftige Verbindung zu suchen. Es bringt doch nichts, wenn wir jetzt Hals über Kopf nach Kopenhagen fahren. Außerdem habe ich da so meine Zweifel, dass Nicholas oder irgendjemand anderes aus diesem Haus etwas damit zu tun hat. Sie könnten ebenso dich verdächtigen.«

»Ich habe aber keine Katze umgebracht.«

Das hatte gesessen. Katinka starrte ihn mit aufgerissenen Augen an. Es gab fast nichts, das sie mehr liebte als Tiere. Manchmal hatte er das Gefühl, dass sie sogar ihn für einen netten Kater oder Hund sitzen lassen würde, sollte sie jemals vor einer derartigen Entscheidung stehen.

»Von welcher Katze redest du?«

»Von der, die ich gerade mit Nicholas aus der Biotonne gefischt habe.«

Katinka schüttelte den Kopf. »Ist nicht dein Ernst!«

»Mein voller. Und ich bin mir sicher, dass jemand sie vergiftet hat. Von einer Nacht in der Biotonne stirbt kein Tier, es hat dadrin ja genügend Luft. Außerdem, wie soll sie denn dort reingekommen sein? Nein, da stimmt was nicht.«

»Findest du nicht, dass deine Geschichte ein wenig paranoid klingt? Warum sollte jemand so etwas tun?«

»Es wäre nicht das erste Mal, dass Nicholas einem Tier etwas antut«, setzte er nach. »Ich kann mich noch genau erinnern, als plötzlich der Dackel von unseren Pflegeeltern starb.

Erst hat er sich den ganzen Abend auf den Teppich erbrochen und dann, am nächsten Tag, war er dahin. Komischerweise genau zu einem Zeitpunkt, als Nicholas wegen der Schule Ärger bekommen hatte. Und weißt du was? Ich glaube, dass das Gift dieses Mal nicht der Katze galt.« Ole hatte beschlossen, alles auf eine Karte zu setzen und die Wahrheit etwas auszuschmücken. Er musste sie einfach davon überzeugen, sofort abzureisen.

»Ganz deiner Meinung. Wahrscheinlich – lass mich kurz überlegen – waren vielleicht sogar wir das Ziel des perfiden Anschlags?«

»Die Ironie kannst du dir sparen, denn das glaube ich tatsächlich. Überleg doch mal. Die Katze lag in der Biotonne quasi auf den Broten, die Nicholas mittags für uns als Snack bereitgestellt hatte.«

»Ich habe keine Brote zum Mittag gesehen.«

»Zum Glück, sonst wärst du jetzt vielleicht anstelle der Katze vergiftet. Er will uns loswerden. Damit er keinen Ärger mit seiner Schwester bekommt.« Je länger er mit Katinka darüber sprach, desto plausibler klang es in seinen Ohren.

»Und was denkst du, wollte er mit unseren Leichen anstellen, nachdem wir an dem Gift gestorben sind?«

»Ich will doch gar nicht sagen, dass er uns umbringen wollte. Eine Magenverstimmung bei uns beiden hätte vielleicht gereicht, damit wir abreisen. Denk an das Eis und deine Krämpfe letzte Nacht …«

»Komm schon, deine Theorie ist doch total aus der Luft gegriffen. Erst legt er sich für uns ins Zeug und überlegt sich mit dir einen Plan, seine Schwester zu überzeugen, nur um uns dann auf diese Weise wieder loszuwerden? Warum hat er uns nicht von vornherein einfach weggeschickt? Und weshalb schmeißt er dann die extra vergifteten Brote weg, anstatt sie uns zu servieren?«

In diesem Punkt gab Ole ihr recht. Doch seine Zweifel

waren damit nicht aus dem Weg geräumt. Viel eher hatte sie einen weiteren Verdacht in ihm geweckt. In einem Punkt hatte sie recht, es war ziemlich abwegig zu glauben, dass Nicholas ihnen etwas antun wollte. Doch hier kam Johanne ins Spiel. Hatte sie nicht von Anfang an Nicholas darin bestärkt, dass er Ole und Katinka rauskomplimentierte? Auch gestern hatte sie sich auffallend distanziert ihm gegenüber verhalten, gerade so, als könne sie seine Anwesenheit nur schwer ertragen. Vielleicht hatte sie gemeinsam mit Malou einen Plan ausgeheckt, wie sie die beiden loswerden konnte.

»Darauf hast du anscheinend nichts mehr zu erwidern«, sagte Katinka, als von Ole keine Reaktion kam. »Wenn man rational darüber nachdenkt, merkt man schnell, dass deine Theorie nicht aufgeht. Wir sollten frühstücken gehen, was meinst du?«

»Du darfst nichts mehr essen, was von hier kommt.«

»Jetzt hör auf damit. Ich habe keine Angst und ich werde dir beweisen, dass rein gar nichts in unsere Mahlzeiten gemischt ist.«

Ole nickte. Sollte Katinka doch machen, was sie wollte, er jedenfalls hatte nicht vor, etwas zu essen. Er würde den Teufel tun und noch mal einen einzigen Bissen anrühren, der aus diesem Haus kam. Eher würde er die Zeit nutzen, seinem Verdacht nachzugehen.

29. Kapitel
1996

»Laß doch die Zukunft noch schlafen, wie sie es verdient. Wenn man sie nämlich vorzeitig weckt, bekommt man eine verschlafene Gegenwart.«
Franz Kafka

Im Haus war es gespenstisch still. So still, dass man beinahe das Gefühl bekommen konnte, alles Leben wäre daraus entwichen. Selbst das Schnarchen des Pflegevaters war für den Moment verstummt. Zuerst hatten sie befürchtet, dass er aufwachen und sie erwischen könnte. Doch Lulu hatte es überprüft. Er lag noch immer quer über beide Matratzen im Ehebett und schlief tief und fest. Damit er sie nicht doch überraschte, hielt sie oben am Treppenabsatz Wache, während Nick und Bastian in der Küche die Rucksäcke mit Lebensmitteln füllten.

Viel war in den Küchenschränken nicht zu holen. Zwei Packungen Toastbrot, eine Dose gesalzene Erdnüsse und einige Flaschen Wasser, die sie in der Hand tragen würden. Nick durchstöberte zusätzlich die Kellerregale. Dank ihm konnten sie nun außerdem drei Dosen Ravioli zu ihren Vorräten hinzu-

ger Blutstropfen bildete sich, wuchs und lief in einem Rinnsal den Arm hinab.

Am liebsten wollte sie ihm ins Gesicht schlagen. Stattdessen gab sie keine weiteren Widerworte und ging in Richtung Wanne. Bereits als sie danebenstand, schlug ihr die Hitze des Wassers entgegen. Alles in ihr sträubte sich, doch entgegen ihres Instinktes hob sie den Fuß an und stieg über den Rand der Wanne. Als sie die Wasseroberfläche berührte, schrie sie kurz auf und zog ihren Fuß zurück. Von unten ertönte Beas hysterisches Lachen.

»Halt deine verdammte Fresse«, brüllte Ole, und an Katinka gewandt: »Mach weiter. Ganz rein.«

»Bitte. Das Wasser kocht ja beinahe«, sagte sie flehentlich.

Ole packte sie am Genick und drückte ihren Oberkörper nach unten. »Willst du, dass ich dich mit deinem Gesicht voran eintunke? Was glaubst du, wie sich das anfühlt?«

»Schon gut, schon gut«, sagte sie und hob abwehrend ihre Hände. »Lass mich los, ich werde tun, was du sagst.«

Er lockerte den Druck auf ihr Genick, ließ seine Hand jedoch auf ihrem Nacken liegen. Katinka schloss die Augen. Wenn sie sich nur stark genug einbildete, dass das Wasser eine angenehme Temperatur hatte, konnte es so schlimm nicht werden. Sie würde es einfach wie im Sommer im Freibad machen und ohne langes Zögern hineinspringen. Mit zusammengebissenen Zähnen stieg sie ins Wasser. Der Schmerz war unerträglich, sie hatte das Gefühl, als würde sie in kochende Säure steigen. Sie jaulte auf. Vor ihren Augen verschwamm die Umgebung, Schweiß trat ihr auf die Stirn. Sie fühlte sich, als wäre sie kurz davon, das Bewusstsein zu verlieren. Ole lachte. Bea kreischte.

Plötzlich sprang die Tür zur Laube krachend auf. Im Licht der Gaslampe erahnte Katinka Luisas Gesicht. Ole schaute sich perplex um. Den Moment nutzte Katinka, um aus dem heißen Wasser zu springen. Ihr gesamter Körper brannte wie Feuer.

Ole hechtete brüllend auf Luisa zu. Er schwang das Messer

in ihre Richtung und erwischte sie am Bauch. Luisa machte einen Satz nach hinten. Katinka hingegen warf sich nach vorne, um Ole den Weg abzuschneiden. Die Kette riss sie klirrend zurück. Luisa hob die Arme. In der Hand hielt sie einen Spaten, den sie nun wie einen Baseballschläger Ole entgegenschwang. Das Blatt traf ihn mit voller Wucht an der Wange. Sein Kopf wurde zur Seite geschleudert und er verlor das Gleichgewicht. In seinem Gesicht zeichnete sich ein roter Striemen ab. Er griff sich an den Kopf und stöhnte.

»Was ist passiert?«, rief Bea aus dem Keller.

»Noch mal«, keuchte Katinka.

»Was zum Teufel ist hier los?«, wiederholte Luisa Beas Frage.

Ole drehte sich auf die Seite. »Verfickte Fotzen«, murmelte er.

Luisa hob erneut den Spaten und ließ ihn auf seinen Hinterkopf sausen. Oles Stirn krachte auf die Holzdielen, Speichel floss aus seinem Mund. Er röchelte. Luisa schlug ein weiteres Mal zu.

»Was macht ihr da?«, kreischte Bea. »Lasst mich nicht hier, um Himmels willen.«

»Er hat den Schlüssel in der Tasche. Schnell«, sagte Katinka.

»Scheiße noch mal, wer ist die Frau da unten?«, fragte Luisa, während sie Oles Hüfte mit dem Fuß anhob, um an seine Hosentasche zu gelangen. »Was ist denn in ihn gefahren?«

Katinka traten Tränen in die Augen. »Ich weiß es nicht«, sagte sie und kauerte sich auf den Boden. »Ich weiß es einfach nicht.«

45. Kapitel

»Das menschliche Urteil über menschliche Handlungen ist wahr und nichtig, nämlich zuerst wahr und dann nichtig.«

Franz Kafka

Unter die Regentropfen hatten sich in der letzten Stunde kaum merklich Schneeflocken gemischt, die immer größer wurden. Katinka beobachtete sie im Licht der Straßenlaterne. Es war kein besonderer Anblick und eigentlich konnte sie Schnee nicht viel abgewinnen, doch sie wagte es kaum, Beatrice anzuschauen. Die Stille war erdrückend. Lediglich ab und zu kam von Beatrice ein nervöses Räuspern, das die Stille zwischen den beiden Frauen nur noch deutlicher hervorhob.

Katinkas Schuldgefühle lähmten sie. Und sie schämte sich. Dafür, dass sie jahrelang mit einem Psychopathen zusammengelebt hatte, ohne es zu merken. Dass sie all die Warnzeichen ignoriert hatte. Und vor allem dafür, dass ihr Exfreund es geschafft hatte, eine Frau mehr als zwei Wochen lang in einem Keller gefangen zu halten, ohne dass Katinka den geringsten Verdacht geschöpft hatte.

Endlich betrat Malou den Raum. Auf einem Tablett brachte sie dampfenden Kaffee und Schokoladenplätzchen. Katinka atmete kaum merklich auf. »Du hättest dir doch nicht solche Umstände machen müssen«, sagte sie und stand auf, um ihr etwas abzunehmen.

»Das ist das Mindeste, was ich für euch tun kann. Es tut mir so leid, dass ich …«

»Nein«, unterbrach Katinka sie. »Es war dumm von mir, dir nicht zu glauben. Ich habe meine Augen vor der Wahrheit verschlossen.«

»Bastian war schon immer gut im Verstellen. Er hat uns allen etwas vorgemacht.«

Beatrice räusperte sich schon wieder. Katinka schüttelte den Kopf.

»Die Polizei sagt, dass er nichts vorspielt. Ich habe mit seinem Pflegevater gesprochen. Anscheinend ist es so, dass er zwei Persönlichkeiten hat. Als es ihm während der Therapie zu heftig wurde, sich mit seinen Erinnerungen auseinanderzusetzen, hat er sie einfach in sich eingeschlossen. Das war zu dem Zeitpunkt, als er nicht mehr Bastian genannt werden wollte.«

»Das klingt so, als würdest du versuchen zu rechtfertigen, was er mir und den anderen Frauen angetan hat.«

Katinka nickte. Ihr war klar, dass ihre Erklärung so rüberkommen musste. Und vermutlich erweckte sie tatsächlich den Eindruck, als würde sie Ole noch immer verteidigen. Doch die Versuche galten eher ihr. Sie benötigte einen Grund, ja eine Entschuldigung dafür, dass ihr Exfreund ein Monster war. Der Gedanke, dass Ole nicht derselbe Mensch war wie der, der die Opfer gequält hatte, tröstete sie ein wenig.

»Vielleicht«, sagte sie deswegen. »Das heißt aber nicht, dass ich ihn nicht dafür verurteile. Zumindest Bastian nicht. Er hat es sich zur Aufgabe gemacht, Ole zu beschützen. Da er aber all die Erinnerungen von den Misshandlungen verwahrt, die er als Kind durchleben musste, ist Bastian eine sehr wütende Person.

Wann immer sich Ole zu Unrecht abgelehnt fühlt, kommt Bastian raus und verteidigt ihn.«

Beatrice schnaubte. »Zwei Päckchen Dünger. Die habe ich ihm nicht gegeben. Dafür hätte er mich fast umgebracht. Eine sehr wütende Person ist etwas untertrieben, würde ich sagen. Überleg mal, was er mit dir gemacht hat. Das war erst der Anfang.«

Katinka stand auf und ging ans Fenster. »Ich kann nur weitergeben, was Norbert mir erzählt hat. Sie wissen selbst noch nicht genug. Ole befindet sich in einer geschlossenen Anstalt für Gewalttäter und weiß nichts mehr von den Taten. Nur wenn Bastian zum Vorschein kommt, können sie ihn vernehmen.«

»Das hat er ja geschickt eingefädelt. Er ist gut darin, Leute zu täuschen. Damals, nach dem Mord an den Windeckers, waren Nicholas und ich es, die von der Polizei auseinandergenommen wurden. Einen Beamten als Pflegevater müsste man haben. Ich wusste immer, dass er es war.«

»Aber warum habt ihr zu dieser Zeit nichts gesagt?«

»Das haben wir. Aber es gab für die Ermittler außer unserer Aussage keinen Hinweis darauf, dass Bastian es gewesen sein könnte. Was sollten wir machen? Irgendwann haben wir es dann selbst nicht mehr geglaubt. Zumindest, bis die junge Frau bei meinem Bruder um die Ecke gefunden wurde und Bastian in der Nähe war. An solche Zufälle glaube ich nicht.« Malou starrte traurig auf ihre Finger. »Ich frage mich, was sie ihm getan hat, dass sie so enden musste.«

»Er konnte sie noch nie leiden«, murmelte Katinka.

»Du meinst, er kannte sie?«

»Mittlerweile weiß ich, dass es so ist. Sie war eine Bekannte von mir. Wir waren öfter gemeinsam auf Konzerten unterwegs und sie war ihm immer ein Dorn im Auge. An dem Abend dann …«

»Scheiße«, sagte Malou. »Das tut mir wirklich leid für dich. Sie hat es nicht überlebt, oder?«

Katinka schüttelte den Kopf. Nach langem Überlegen hatten Judiths Eltern beschlossen, die lebenserhaltenden Maschinen abzuschalten und sie sterben zu lassen.

»Ich glaube nicht daran, dass Ole und Bastian zwei verschiedene Persönlichkeiten sind. Wie genau hätte er all die Vorbereitungen treffen sollen?«

»In Deutschland hatte er gar nicht so viel zu tun. Er hat sich den ganzen Sommer in dem Garten aufgehalten, ich selbst habe mich nicht dafür interessiert. Da Bastian sich an alles erinnern kann, was Ole erlebt, hatte er nichts zu befürchten.«

»Du meinst, beide Persönlichkeiten wissen voneinander? Das habe ich ja noch nie gehört.«

»Nein, es ist kompliziert. Bastian ist quasi immer vorhanden und drängt sich nur in den Vordergrund, wenn Ole seiner Meinung nach zu schwach wird. Er ist der wütende Teil, der alle schrecklichen Kindheitserinnerungen im Verborgenen hält und dafür sorgt, dass Ole ein normales Leben führen kann.«

Malou schüttelte energisch den Kopf. »Das leuchtet mir nicht ein. Nicholas und ich sind ja auch nicht zu Psychopathen geworden, und wir haben das Gleiche durchgemacht.«

»Ich halte es auch für eine Ausrede«, meldete sich Beatrice zu Wort. »Der Kerl ist einfach skrupellos. Wenn deine Freundin nicht gekommen wäre, er hätte uns beide umgebracht.«

Katinka rieb sich müde über die Augen. Seit dem Vorfall hatte sie keine Nacht mehr als drei Stunden am Stück geschlafen. »Luisas Instinkt hat uns wirklich gerettet. Und doch kann ich mir nicht vorstellen, dass Ole von all dem gewusst hat. Ja, er war manchmal aufbrausend, hatte seine Gefühle nicht unter Kontrolle. Aber dass er Frauen entführt und quält? Das ist nicht der Mann, mit dem ich so viele Jahre verbracht habe.«

Wie sie sich wirklich fühlte, verriet sie den Frauen nicht. Nur mit Norbert hatte sie darüber sprechen können, da es ihm genauso ging. Sie vermisste den Mann, mit dem sie so viele Jahre verbracht hatte. Doch sie wusste, dass sie ihn nie wieder zurückbekommen würde.

46. Kapitel

»Dann aber kehrte er zu seiner Arbeit zurück, so wie wenn nichts geschehen wäre.«

Franz Kafka

Nicholas betrachtete den Flyer in seiner Hand. Das kleine X war zum Glück niemandem aufgefallen. Er hatte damit die Position des Bauwagens markiert. Damit Bastian Judith im Wald auch finden würde. Den Flyer hätte er niemals hervorholen dürfen. Wenn jemand misstrauisch geworden wäre, hätte Bastian dadurch alles auffliegen lassen können. Im Grunde genommen hatte er das ja auch. Weil Bastian Ole einfach nicht unter Kontrolle hatte und Hendrik geradezu in den Wald hineingeführt und zu Judith gebracht hatte.

Nur fünf Minuten früher und sie hätten Nicholas dabei überrascht, wie er mit Judiths Bein aus der Tür gekommen war. Nicht auszudenken, was dann passiert wäre. Er hätte Hendrik und vermutlich auch Bastian gleich mit beseitigen müssen. Es hätte ihm sofort klar sein müssen, dass Bastian mit seinen zwei Persönlichkeiten eine Gefahr war. Schon damals, als er Margit und Helmut erledigt hatte, hätte Nicholas es ahnen müssen.

Einen so unüberlegten Mord zu begehen, war dumm gewesen, und beinahe hätte er anstatt Bastian seinen Kopf hinhalten müssen. Doch nun war es vorbei. Bastian war weggesperrt, mit etwas Glück für immer. Niemand hatte Nicholas verdächtigt. Der Bauwagen kam zwar nicht mehr infrage, aber einen neuen Aufbewahrungsort zu finden, war sein geringstes Problem. Er brauchte jetzt nur ein wenig Geduld, dann könnte er sein Leben wie gewohnt weiterführen. Es gab so viele Frauen da draußen, die Margit in irgendeiner Weise ähnelten.

Mit einem zufriedenen Lächeln knüllte er den Flyer zusammen und steckte ihn in die Hosentasche. Für die Wartezeit hatte er immer noch Judiths Bein. Eingelegt in Formaldehyd würde es ihm noch eine Weile Freude bereiten.

FSC
www.fsc.org
MIX
Papier aus verantwortungsvollen Quellen
Paper from responsible sources
FSC® C141904

Druck:
Customized Business Services GmbH
im Auftrag der
KNV Zeitfracht GmbH
Ein Unternehmen der Zeitfracht - Gruppe
Ferdinand-Jühlke-Str. 7
99095 Erfurt